Monika Bannas

Der Stadtschnüffler

Erkenntnisse
eines Bremer Hundes

Edition Falkenberg

Titelabbildungen: fotolia (Hund)
Das Foto von der Sielwallfähre hat uns dankenswerterweise die Bremer Schifffahrts-
gesellschaft Hal Över Betriebsgesellschaft mbH zur Verfügung gestellt.

1. Auflage 2018

Copyright © Edition Falkenberg, Bremen
ISBN 978-3-95494-166-7
www.edition-falkenberg.de

Einleitung

Sie werden mich kennenlernen. Das soll keine Drohung sein, wird aber zwangsläufig passieren, wenn Sie dieses Buch lesen. Auch Hilfssheriff wird Ihnen nach der Lektüre nicht mehr fremd sein. Weiterhin machen Sie Bekanntschaft mit ein paar anderen Gestalten, die im Zusammenhang mit Hilfssheriff und mir eine Rolle spielen. Ferner werden Ihnen in diesem Werk ein Stück Bremen und die Bremer nahegebracht, und möglicherweise haben Sie nach der Lektüre eine vage Ahnung davon, wie die Bremer ticken.

Wenn Sie Bremen schon kennen, entdecken Sie vielleicht etwas Neues. Wenn Sie Bremer oder Bremerin sind, erkennen Sie sich eventuell wieder. Kann sein, muss aber nicht.

Hilfssheriff und ich sind Bremer. Wir turnen zusammen in der Stadt herum. Das Viertel und die Stadtmitte, die Pauliner Marsch und der Stadtwerder mit dem Werdersee sind unser bevorzugtes Revier. Abstecher in andere Stadtteile gibt's aber auch. Nach Findorff zieht es uns aus unterschiedlichen Gründen immer wieder.

Notgedrungen muss ich mir anhören, was mein Betreuungspersonal unterwegs erzählt. Auf diesen Erzählungen basiert dieses Buch. Und auf Hilfssheriffs »Gesprächen« mit mir, die naturgemäß sehr einseitig verlaufen.

Viel Spaß beim Lesen. Überlegen Sie sich gut, ob Sie sich jemals einen Hund zulegen. Was dabei herauskommen kann, sehen Sie ja: Ihr »treuer Kamerad«, diese Plaudertasche, posaunt ihre Geschichten in der Gegend herum.

Tach auch

»Bremen wird unterschätzt«, behauptet Hilfssheriff. »Von denen, die Bremen nicht kennen, sowieso«, sagt sie, »aber auch von den Bremern selbst.«

Sie findet das eigenartig, weil die Bremer sich ziemlich ins Zeug legen für ihre Stadt. »Ohne die vielen Bürgerinitiativen und Mäzene sähe Bremen völlig anders aus«, behauptet sie.

Hilfssheriff war ein paar Jahre weg, im Ruhrgebiet. Da ist es nicht so kuschelig und grün wie in Bremen. Seitdem weiß sie ihre Heimatstadt noch mehr zu schätzen.

Den großen Werdersee mit Naherholungsgebieten mitten in der Innenstadt, zum Beispiel. »Den gibt es noch gar nicht so lange«, sagt sie. »Und in welcher anderen Großstadt gibt es so etwas überhaupt?«

Ehrlich gesagt, ich hatte davon bisher auch keinen blassen Schimmer. Über so etwas mache ich mir keine Gedanken. Für mich ist wichtig, dass Hilfssheriff und ich draußen unterwegs sind, möglichst oft und möglichst lange.

Ich bin im allerbesten Alter, kräftig und durchtrainiert, hellbraun gelockt und - stark geruchsorientiert. Mein Name ist Carlo, ich bin ein Hund, ein mittelgroßer Pudel.

Normalerweise werden die menschlichen Bezugspersonen von Hunden »Herrchen« und »Frauchen« genannt. Diese Bezeichnungen finde ich total beknackt. Wer hat sich diesen Quatsch eigentlich mal ausgedacht? Herrchen und Frauchen, Gassi gehen, Männchen machen. Furchtbar, diese Kleinkindsprache!

Ich bin ein Hund, kein Baby. Meine beiden Familienoberhäupter, also quasi meine Rudelführer, nenne ich Sheriffs. Und wenn die nicht da sind, übernimmt Hilfssheriff ihren Rudelführer-Job.

Leidenschaften

Hilfssheriff ist nicht nur leidenschaftliche Bremerin. Zum Glück ist sie auch Hundenärrin und zu meiner ganz besonderen Freude eine glühende Pudel-Liebhaberin. Sie wird nicht müde, alle Leute, die es hören oder auch nicht hören wollen, über die wahren Qualitäten meiner Rasse aufzuklären.

»Pudel«, erklärt sie gern, »sind gar keine Schoßhunde. Die brauchen viel Bewegung, sind superschnelle Sprinter und können Haken schlagen wie ein Hase.« Außerdem sind wir noch schlau, haaren nicht und können sehr alt werden.

Ja, und Bremen, die Frau ist völlig vernarrt in diese Stadt. Damit hält sie auch nicht hinterm Berg. Zwangsläufig, weil wir immer zusammen rumrennen, auch mit anderen Leuten, bekomme ich Stück für Stück eine Menge mit über Bremen, vor allem über das Viertel. Hier sind wir meistens unterwegs.

Sogar Einblicke in die speziellen Befindlichkeiten der 68er- und Nach-68er-Generation bleiben mir nicht erspart.

Ansonsten läuft bei Hilfssheriff alles genauso wie bei meinen Sheriffs. Erst dachte ich, kleine Regelabweichungen seien möglich. Aber nein. Wenn Hilfssheriff ruft, muss ich kommen. Wenn Hilfssheriff will, dass ich mich hinsetze, muss ich mich hinsetzen. Einfach über die Straße rennen darf ich auch nicht. Schneller als meine Sheriffs ist Hilfssheriff auch nicht. Ständig trödelt sie hinter mir her. Inzwischen bleibe ich gleich an Weggabelungen und Abzweigungen stehen, bevor Hilfssheriff mich zum Hinsetzen auffordert und ich auf Autos und Fahrräder warten soll, die gar nicht kommen.

Ich glaube manchmal, Hilfssheriff hält mich für ein bisschen blöd. Ich glaube sowieso, Hunde im Allgemeinen werden von den Menschen stark unterschätzt.

Keine Zeit

Das muss jetzt aber ganz schnell gehen! Wir klingeln an Hilfssheriffs Haustür. Zum ersten Spaziergang holen mein weiblicher Sheriff und ich sie ab.

Kurzes Schwanzwedeln, einmal hochgucken, mehr läuft heute nicht. Jetzt macht bloß nicht so ein langes Trara. Für großen Begrüßungsheckmeck habe ich keine Zeit. Ich will weiter zur Weser.

Und was macht Hilfssheriff? Sie schnappt sich ihren Mantel und los geht's. »Für großen Begrüßungsheckmeck hat der jetzt keine Zeit«, stellt sie ganz richtig fest. »Der will runter an die Weser.« Sagenhaft! Kann die Frau Gedanken lesen? Dafür hat sie schon mal einen ganz dicken Stein bei mir im Brett.

Durch die Weberstraße und die Reederstraße zuckeln wir zum Osterdeich und vom Osterdeich runter auf die Weserwiesen. Die Weberstraße ist eine der ganz alten Straßen, die sich mit schiefem und krummem Kopfsteinpflaster durch das Ostertorviertel schlängelt. Die Reederstraße führt den Deich hoch. Da kann ich die Weser schon riechen. Weser bedeutet Weserwiesen, und Weserwiesen bedeutet Rennen, Schnüffeln, Toben. An diesem denkwürdigen Tag treiben wir uns zu dritt eine Weile auf den Weserwiesen herum.

Danach weiß Hilfssheriff, dass ich mich überaus vorsichtig auf fremde Hunde zubewege. Sie hat auch erfahren, dass ich Weserwasser trinken darf.

Leider ist sie ebenso darüber informiert, dass ich auf dreckiges Pfützenwasser stehe. »Die Pfützen werde ich mir genauer angucken, bevor ich Carlo da ran lasse«, verspricht sie. Echt schade.

»Er wälzt sich auch gern in Kaninchenködeln«, meint die Sheriff-Frau noch ausplaudern zu müssen. Da wird Hilfssheriff also auch ein Auge drauf haben. Aber es fallen auch die Worte »lange Spaziergänge«. Das hört sich sehr verheißungsvoll an.

Die Ruhe selbst

Die meisten Menschen denken, sie seien ganz persönlich gemeint, wenn ein Hund sich bei ihrem Anblick freut. Das ist Quatsch.

Ich, zum Beispiel, verliebe mich in alle Menschen, die mir Leckerlis zustecken, mit mir auf Tour gehen und nett zu mir sind.

Nachdem Hilfssheriff das erste Mal mit mir alleine unterwegs war, wusste sie, dass ich mich beim nächsten Mal wie verrückt freuen würde. Hilfssheriff ist gleich dreieinhalb Stunden mit mir rausgegangen. Unterwegs hat sie dauernd gesagt: »Du bist ein Superhund, Carlo, ein richtig toller Typ.« Und sie hat mich gestreichelt und mir Leckerlis zugesteckt. Also, da kann ich gar nicht anders, als mich zu verlieben. Das war sogar gleich die ganz große Liebe.

Hilfssheriff wusste das. Als sie mich also zum zweiten Mal abholt, denkt sie: »Der springt gleich an mir hoch wie ein Irrer, bellt wie verrückt und wedelt so mit dem Schwanz, dass er damit die Katze im Haus erschlagen könnte.« Vorsichtshalber steckt sie sich gegen den Lärm etwas Watte in die Ohren.

Aber nur das mit dem Schwanzwedeln trifft ein. Ansonsten bin ich eher der ruhige, schweigsame Typ. Wenn ich mich bei der Begrüßung freue, dann belle ich nicht. Ich springe auch nicht an den Leuten hoch. Ich beiße die Menschen, die ich besonders mag, stattdessen in den Unterarm, ganz vorsichtig. Nicht so, dass sie da gleich Löcher kriegen.

»So was habe ich noch nie bei einem Hund erlebt«, wundert sich Hilfssheriff. »Das nennt man den Liebesbiss«, behauptet mein weiblicher Sheriff.

Mir egal, wie das heißt, jedenfalls macht es keinen Krach. Die Watte im Ohr kann Hilfssheriff sich sparen.

Der B A L L

Der B A L L, das ist das große Geheimnis. Er und diverse andere interessante Dinge liegen in der Hunde-Schublade. Da ist alles drin, was Hilfssheriff mitnehmen kann, wenn wir unterwegs sind.

In dieser Schublade bewahren meine Sheriffs verschiedene Hundeleinen auf, kurze und lange, aber auch Hundekuchen und Spielzeuge und jede Menge Plastiktüten. Vor dem ersten unserer gemeinsamen Spaziergänge hat die Sheriff-Frau Hilfssheriff über diesen Sachstand aufgeklärt.

»Und«, hat sie weiter ausgeführt, verschwörerisch geguckt und dabei in die Schublade gezeigt, »da drin liegt auch der B A L L. Wenn er einmal mit dem B A L L anfängt, hört er so schnell nicht wieder auf.«

Wollen die mich auf den Arm nehmen? Für wie beschränkt halten die mich eigentlich? Als dieses denkwürdige Gespräch über meine innige Verbindung zu einem Ball stattfand, war ich viereinhalb Jahre alt. Es hatte tatsächlich eine Weile gedauert, aber irgendwann hatte ich natürlich begriffen, dass B A L L das Gleiche ist wie Ball. Ich meine, wenn sie den Ball in der Hand halten und immer wieder B A L L sagen, dann ist es nicht so übermäßig schwierig, diese Schlussfolgerung zu ziehen.

Aber ich tue ihnen den Gefallen. Auch die Menschen sollen ihren Spaß haben. Ich stelle mich doof, so als könnte ich mit B A L L nichts anfangen.

Dann kommen sie sich großartig und witzig vor und das ist doch schön.

Auf dem Dorf

An der Weser, wo wir meistens rumrennen, ist ein beliebter Treffpunkt. Ich treffe bekannte Hunde, manche mag ich, andere nicht. Hilfssheriff trifft bekannte Menschen, manche mag sie, andere nicht.

Wenn ich auf den Weserwiesen andere Hunde treffe, die ich mag, dann geht das große Geschnüffel los, von vorne, von hinten, von der Seite.

Menschen sind da völlig anders. Die sind nicht so körperbetont wie wir. Wenn die sich hier an der Weser treffen, dann nicken sie mit dem Kopf und geben sich vielleicht mal die Hand. Das Höchste der Gefühle ist, sich gegenseitig zu umarmen und ein angedeutetes Küsschen auf die Wange zu hauchen. Bloß nicht zu viel Körperkontakt.

Und dann fangen die an zu reden. Wir Hunde bellen ja nicht so viel herum, wenn wir uns treffen. Wir lösen die meisten Probleme mit unseren Nasen. Ich sowieso, ich bin ja, wie gesagt, eher der zurückhaltende schweigsame Typ. Aber die Menschen, die reden. Manchmal reden die auch totalen Schwachsinn.

»Das ist hier wie auf dem Dorf«, scherzen sie zum Beispiel gern, wenn sie sich unten an der Weser treffen.

Hör mal, geht's noch? Auf dem Dorf? Die waren wohl noch nie in einem Dorf. Als ich letztes Mal in einem Dorf war, da habe ich dort, im Gegensatz zu den Weserwiesen hier, keinen Menschen weit und breit gesehen. Die Hunde saßen alle in irgendwelchen Käfigen oder waren an langen Ketten angebunden.

Hier wimmelt es von herumlaufenden Menschen und Hunden. Wie auf dem Dorf! Ich glaub', ich spinne!

Frühkindliche Prägung

Die Bremer sind nicht dafür bekannt, dass sie übermäßig viel reden. Aber manchmal könnten sie ruhig ihr Maul aufmachen. Heute hätte ein kurzer Satz genügt.

Wir wollen mit der Fähre auf die andere Weserseite. Auf der Weser fahren viele Schiffe, Sportboote und Flussdampfer und Binnenschiffe und die Fähre, die immer hin und her pendelt. Kutter gibt es hier nicht, die fischen draußen im Meer, frühestens in der Wesermündung bei Bremerhaven.

Warum erkläre ich das? Weil wir einen Moment am Fähranleger warten müssen. Während ich wie ein Besessener meinen B A L L die Rampe runter rollen lasse und wieder einfange, etwa 100 Mal, schwimmt eines der vielen Binnenschiffe vorbei.

Und dann passiert es: Ein kleiner Junge fragt seinen Vater: »Papa, was ist das für ein Schiff?« »Das ist ein Kutter«, antwortet der Vater. Und niemand korrigiert ihn, auch nicht Hilfssheriff. Alle stehen da rum, hören sich diesen Quatsch an und sagen nichts.

Dabei kann eine solche unterlassene Richtigstellung verheerende Auswirkungen haben. Jedes Mal, wenn der Junge jetzt ein Binnenschiff sieht, in einem Bilderbuch oder auf einem Foto, dann denkt er »Kutter«.

Sowas nennt man frühkindliche Prägung. Später, wenn er erwachsen ist, dann wird er wissen, dass das nicht stimmt, dass das kein Kutter sondern ein Binnenschiff ist. Aber wenn seine Kinder ihn dann nach der Bezeichnung für Binnenschiffe fragen, dann wird er sagen: »Das sind Ku-Binnenschiffe.« Auch da findet wieder eine frühkindliche Prägung statt.

Die Kinder seiner Kinder werden zu ihren Kindern sagen: »Kubinnenschiffeähneinbinnenschiffe«, und deren Kinder »Kubinnenschiffeähneinbinnenschiffeneestimmtgarnichtbinnenschiffe.«

So geht das immer weiter. So eine frühkindliche Prägung kann Auswirkungen haben bis in diverse Generationen.

Das geht so lange, bis endlich mal einer tief Luft holt und nachdenkt, bevor er antwortet und den korrekten Begriff nennt: »Binnenschiff.« Dann ist der Generationen alte Knoten endlich geplatzt.

Minipli

Die Sielwallfähre, das ist auch so ein durch Bürgereinsatz erkämpftes Ding, genauso wie das ganze Viertel. Aber das ist eine längere Geschichte.

Die Fahrt da rüber ist kurz, manchmal dreht der Fährmann auch ein paar Ehrenrunden mitten auf der Weser, vor allem, wenn viele Kinder an Bord sind.

Gestern war das aber nicht der Fall, und ich war, ehrlich gesagt, nicht traurig darüber. Dieses Rumgekreisel auf dem Wasser entfacht bei mir im Gegensatz zu den Kindern nicht gerade Jubelstürme. Gestern waren wir aber fast allein auf der Fähre. Es war warm und sonnig in der Mittagszeit und die Schulferien beginnen erst in der nächsten Woche. Auf dem Stadtwerder sind wir am Café Sand vorbeimarschiert durch das Parzellengebiet Richtung Werdersee.

Rausgekommen sind wir nah bei dem von der DLRG bewachten Sandstrand mit abgetrenntem Nichtschwimmerbereich und kleinen Grasbuchten. Da war auch fast nichts los.

Und dann passiert es, eine Sensation! Hilfssheriff wirft einen Stock ins Wasser und ich springe hinterher und schwimme, ich, der nicht schwimmende Pudel Carlo. Das haben wir gefühlte tausend Mal (diese beknackte Redewendung benutzt Hilfssheriff ständig, jetzt hab' ich mir den Quatsch tatsächlich auch schon angewöhnt) gemacht und ich hatte dabei sensationell gute Laune. Ich konnte es selbst nicht glauben und Hilfssheriff eigentlich auch nicht. Auch die Sheriff-Frau zuhause war völlig von den Socken, als Hilfssheriff ihr das erzählt hat. »Der war tatsächlich mit dem ganzen Körper im Wasser?«, staunte sie. »Jetzt sieht Karlchen aus, als hätte ihm jemand Minipli-Locken verpasst.«

Mit diesem Begriff kann die jüngere Generation bestimmt nichts anfangen. Miniplis sind winzige Löckchen. Die waren in den achtziger Jahren schwer angesagt, auch bei Männern. Im Großen und Ganzen sahen die Löckchen ziemlich bescheuert aus. Darin sind sich die Sheriff-Frau und Hilfssheriff einig. Der ehemalige Werder-Fußballspieler und Nationaltrainer Rudi Völler soll sich damals Miniplis machen lassen haben, heißt es. Ob das stimmt? Keine Ahnung. Zumindest erhielt er den Spitznamen »Tante Käthe«.

Mir steht dieser Look aber, weil ich von Natur aus Locken habe. Diese Locken haben schließlich zu dem ganzen Elend mit den albernen Pudelfrisuren und dem Missbrauch meiner drahtigen Rasse als Schoßhund geführt.

Fazit also des gestrigen Tages: Ich bin jetzt kein schwimmunfähiger Hund mehr, sondern ein begeisterter Schwimmer und Taucher und trage zeitweilig eine Minipli-Frisur.

Beim Friseur

Ich war beim Friseur. Das hört sich ziemlich durchgeknallt an für einen Hund. Nicht, dass ich da Bock drauf hätte, ganz und gar nicht. Aber meine Sheriffs schleifen mich da regelmäßig hin. Sie behaupten, dass mein Fell verfilzt, wenn es nicht regelmäßig kürzer geschoren wird.

Zumindest ersparen sie mir affige Pudelfrisuren mit Krönchen und Pluderhosenbeinen. Ich sehe auch nach dem Friseurbesuch noch aus wie ein Hund, oder vielleicht doch nicht?

Wenn ich Hilfssheriffs Reaktion nach meinen Friseurbesuchen beobachte, bekomme ich daran große Zweifel. »Carlo, wie siehst du denn aus?«, ruft sie jedes Mal erstaunt. »Du siehst ja aus wie ein Lämmchen! Gott, was hast du für seidenweiches Fell!«

Wie ein Lämmchen? Ich möchte auf keinen Fall aussehen wie ein Lämmchen! Lämmchen, das sind Tierjunge, die von großen aggressiven Hunden gerne abgemurkst werden.

Ein Vorteil der Friseurbesuche ist, dass sich im Sommer danach das Leben wesentlich luftiger anfühlt. Ich sehe nach der Schur auch viel schlanker aus, behaupten die Sheriffs. Wenn mein Fell lang gewachsen ist, drosseln sie immer die Leckerlizufuhr, weil sie denken, dass ich zu fett geworden bin. Nach dem Friseurbesuch stocken sie die Leckerlis wieder auf.

Sieht so aus, als müsste ich mit den Friseurbesuchen leben. »Es gibt Schlimmeres«, um es mit Hilfssheriffs Worten auszudrücken.

Die Sache hat natürlich auch was Positves. Ich bin durch die Friseurbesuche ein interessanter, wandelbarer Typ. Mal sehe ich aus wie ein Schaf, mal wie ein Lamm. Wenn mein Fell nass war, sehe ich aus wie Rudi Völler mit Minipli-Frisur.

Gottseidank sind meine Ohren nicht so lang. Die Ohren von Oma Gertruds Pudel Willi, mit dem Hilfssheriff früher immer durch die Gegend gezogen ist, waren länger. Die hat Hilfssheriff manchmal vorsichtig hinten zusammengeknotet. »Dann sah Willi ganz windschnittig aus, wie eine Diva, die mit Kopftuch im offenen Coupé spazieren fährt«, erzählt sie begeistert. Sowas bleibt mir immerhin erspart.

Mantras

Hilfssheriff hat ein paar Grundsätze. Diese Grundsätze betet sie zuweilen mantramäßig vor sich hin. Wenn's gut läuft, finden die Mantra-Gebete in ihrem Inneren statt. Dann ist nur ein erfahrener Kenner der menschlichen und insbesondere der hilfssherifflichen Psyche wie ich in der Lage, zu erraten, auf welchem Mantra sie gerade wieder herumkaut.

Ein Mantra von Hilfssheriff lautet: Süßes macht dick und Essen alle fünf Stunden reicht. Dieses Mantra betet sie innerlich vor sich hin, wenn sie beispielsweise Bäckerei-Auslagen betrachtet. Das zu erraten ist puppeneinfach.

Ein zweites Mantra setzt sich vollautomatisch in Gang, wenn Hilfssheriff ihre Wohnung betritt. Es lautet: Raumluft muss regelmäßig ausgetauscht werden, um Schimmel zu vermeiden. Dieses Mantra rauscht einmal kurz durch ihr Gehirn, muss aber nicht wiederholt werden, weil es sofortiges Aufreißen sämtlicher Fenster durch Hilfssheriff und anschließendes Stoßlüften zur Folge hat. Wenn sie dieses Mantra in abgeänderter Form, zum Beispiel mit dem Satz »Hör mal, das ist ja eine grausam schlechte Luft hier« aus ihrem Inneren in die Welt hinausschickt, zieht das in der Regel lautes Aufstöhnen ihrer Mitmenschen nach sich. Danach öffnet Hilfssheriff mit Schwung die Fenster.

Ein drittes Mantra benutzt sie erst seit der Erfindung des beschichteten Pappkartons als Milchbehälter. Es lautet: Durch Aufreißen des Kartons nach vermeintlicher Entleerung desselben kann man ihm noch eine Menge Restmilch entlocken. Mit diesem Mantra hat sie die eigentlich sehr umgänglichen Mitglieder ihrer Familie schon an den Rand des Wahnsinns getrieben.

Das vierte Mantra ist für mich von großer Bedeutung. Es entspringt einer frühkindlichen Prägung durch Hilfssheriffs Vater und lautet: Hunde brauchen ganz viel Bewegung. Dieses Mantra ist so tief in Hilfssheriffs Gehirn verwurzelt, dass es sie zur passionierten Hundeausführerin gemacht hat. Diese Passion reduziert sich keineswegs auf die Hunde, die sie sowieso umgeben, wie jetzt ich und früher der Pudel Willi von Oma Gertrud. Es schließt alle Hunde mit ein, die sie in dem für sie unerträglichen Zustand des stundenlangen Herumhängens vorfindet. Das hat schon dazu geführt, dass sie im Urlaub morgens eine Stunde eher aufgestanden ist, um mit dem Hund der Hotelbesitzer Gassi zu gehen.

Dieses vierte Mantra kann ich nicht nur erkennen, wenn es in ihrem Kopf herumhämmert, denn so muss man sich die Intensität dieses Mantras vorstellen. Das Gehämmer des vierten Mantras kann ich auch auslösen. Die einfachste Auslösemethode besteht darin, Hilfssheriff anzulächeln und gezielte Schritte Richtung Ausgangstür zu unternehmen. Das wirkt in der Regel prompt.

Sollte sie sich irgendwo festgelabert haben, dann benutze ich die entgegengesetzte Methode. Ich mache ein gelangweiltes, betrübtes Gesicht und schaue hin und wieder vorwurfsvoll zu ihr hoch. Das wirkt nur bei mehrmaliger Anwendung.

Eine dritte Methode kommt zum Einsatz, wenn die Laufgeschwindigkeit nicht meinem Bewegungsdrang entspricht. Sie findet vorzugsweise Anwendung im innerstädtischen Bereich, zum Beispiel der Böttcherstraße, dem Marktplatz und dem Schnoor. Diese Methode besteht darin, dass ich hinter ihr hertrotte und den Abstand zu ihr immer mehr vergrößere, mich quasi an der Leine hinter ihr herschleifen lasse. Das hat nicht unbedingt eine sofortige Erhöhung der Schrittgeschwindigkeit zur Folge, aber immer einen ausdauernden Gang durchs Grüne im Anschluss an die Pflastertreterei.

Sielwallfähre

Seitdem ich vom wasserscheuen Hund zum Schwimmer und sogar Taucher mutiert bin, fahren wir noch häufiger mit der Sielwallfähre. Heute pendelt das kastenförmige Fährschiff »Ostertor«, manchmal ist es auch die langgestreckte »Punke«.

Hilfssheriffs Freundin Thea besteigt mit uns das Schiff, und ich kann es kaum erwarten, an den Werdersee zu kommen, um meiner neuen Leidenschaft nachzugehen. Da soll noch mal einer sagen, dass man sich nicht verändern kann.

»Mit der Sielwallfähre bin ich schon als Kind gefahren, rüber zum Sandstrand an der Weser zum Baden. Eine Fähre gibt's hier schon seit mehr als 250 Jahren«, erzählt Hilfssheriff. »Einmal, als wir drüben waren, lag am Strand eine angeschwemmte Wasserleiche. Meine Mutter hat meinen Bruder und mich sofort da weggezerrt und ruck zuck zurück auf die Fähre verfrachtet. Aber wir haben natürlich was gesehen«, erzählt Hilfssheriff düster. »Später gab es noch ein dickes Gewitter. Der Donner röhrte und grelle Blitze zuckten über den fast schwarzen Himmel. Das hat den Grusel dieses Nachmittags noch mal erheblich gesteigert.«

Gott, was ist das denn für eine schreckliche Geschichte. Dabei scheint heute die Sonne und die Weser glitzert. Die Leute sehen alle ganz fröhlich aus und ich möchte endlich mal losrennen. Mein Begleitpersonal wird doch wohl jetzt nicht das Café Sand ansteuern, um da Milchkaffee schlürfend weiter in dunklen Kindheitserinnerungen herumzustochern.

Nee, alles paletti, wir biegen ins Parzellengebiet Richtung Werdersee ab und Hilfssheriff schmeißt den B A L L voller Elan bis zur nächsten Weggabelung.

Pi-Mails

Wenn ich mir angucke, wie die Menschen mit ihren Laptops, Tablets und Smartphones herumhektisieren, kann ich mich nur kaputt lachen. Sie denken, dass sie schnell sind, schnell mal eine Mail schreiben, schnell mal eine SMS rausschicken, mal eben whatsappen.

Das, was die mit heraushängender Zunge und gebeugtem Nacken gestresst den ganzen Tag praktizieren, das machen wir Hunde seit Jahrtausenden mit der größten Gelassenheit.

Wir lesen und beantworten unentwegt Botschaften anderer Hunde. Und dafür brauchen wir keinerlei technische Geräte. Wir sind sogar in der Lage Botschaften zu erwidern, während wir noch dabei sind, sie zu lesen. Ich hebe nur ganz lässig ein Bein und fertig ist die Pi-Mail, mit meiner Nase vorne lese ich schon die nächste.

Wir hatten unsere Pi-Mail-Kommunikation schon, als die Menschen noch nicht mal wussten, was ein Telefon ist.

Neben unseren Pi-Mail-Kontakten erhalten wir über unser Geruchsorgan durch die Luft unentwegt Auskünfte über Menschen und Tiere, die in unserem Umfeld unterwegs sind. Wenn wir unsere Nase in die Richtung halten, aus der der Wind gerade weht, funktioniert das sogar über große Entfernungen.

Obendrein verstehen wir die Zeichen- und Lautsprache der Menschen sehr gut – wenn wir wollen. Von unseren sensiblen Ohren will ich jetzt gar nicht reden, das sind ja die reinsten Empfangsantennen. Im Gegensatz zu den Menschen praktizieren wir unsere vielfache Kommunikation ganz nebenbei und machen nicht so einen Zirkus darum. Und wir können uns gar nicht leisten, die eine Art Kommunikation zugunsten der anderen zu vernachlässigen. Nur noch Pi-Mails lesen und nix mehr hören und sehen, das geht gar nicht.

Trassenkampf

Warum weichen wir heute von unserer üblichen Route ab? Wir treffen Thea vorm Theater am Goetheplatz. Zu meiner Enttäuschung nehmen wir keinen der von mir favorisierten Parkwege durch die Wallanlagen. Stattdessen schleiche ich an der Leine mit den beiden durch die Mozartstraße. Plötzlich breitet Hilfssheriff ihre Arme zur Seite aus. Einer weist in Richtung Weser, der andere in Richtung Ostertorsteinweg. Was liegt an? Macht sie Dehnübungen mitten auf der Straße?

»Stell Dir mal vor«, fordert sie Thea auf, »hier verliefe eine Stadtautobahn in einem Tunnel mit einem Hochhausgebirge obendrauf. Und hier«, an der Ecke St.-Pauli-Straße schmeißt Hilfssheriff beide Arme nach vorn Richtung Steintorviertel, »nochmal was ähnliches quer durch das Viertel bis zur Autobahn in Hastedt.« Aha, die Geschichte vom Trassenkampf, die erzählt Hilfssheriff allen, die sie noch nicht kennen. »Kann ich mir nicht vorstellen«, antwortet Thea. »Warum fragst du mich das?« »Weil es so gekommen wäre, wenn die Viertel-Bewohner gegen die sogenannte Mozarttrasse nicht auf die Barrikaden gegangen wären. Ist schon lange her, mehr als 40 Jahre. Wenn es nach den Stadtplanern damals gegangen wäre, dann sähe das hier heute so ähnlich aus wie in Osterholz-Tenever.«

Das kann ich mir genauso wenig vorstellen wie Thea. Aber ich kann mir sehr gut vorstellen, dass wir jetzt von der St.-Pauli-Straße in den Milchpad abbiegen und Hilfssheriff den B A L L aus der Tasche zieht, was auch tatsächlich passiert.

Sie kickt den Ball den Sandweg entlang durch die winzige Grünanlage zwischen den Häusern. Ich jage hinterher, komme vor der Hecke mit einer Vollbremsung zum Stehen, angle mein Spielgerät mit den Vorderpfoten unter dem Gebüsch hervor und kehre dribbelnd zu den beiden zurück. Der Spaziergang scheint doch noch einen sehr angenehmen Verlauf zu nehmen.

»Das ist aber mal ein lustiger Hund«, sagt Thea, »der ist ja total geschickt mit seinem Ball.« Das geht mir natürlich runter wie Öl. Deshalb lasse ich ihr den Ball vor die Füße rollen und lächle sie auffordernd an. Sieht so aus, als hätte auch Thea ein Faible für Bälle. Sie schießt den B A L L durch die Gegend, ich bringe ihn zurück. Von mir aus kann das jetzt stundenlang so weiter gehen.

Aber es noch kommt besser. »Lasst uns zur Weser gehen, da ist mehr Platz«, sagt Hilfssheriff.

Rammeln

Ich rammel nicht. Warum? Ich bin kastriert. Ob mir das was ausmacht? Nee, das macht mir nichts aus. Ich kenne das ja gar nicht anders. Und ehrlich gesagt, die anderen armen Schweine, diese ganzen nicht kastrierten Rüden, die kommen ja sowieso nie zum Zug.

Wie oft erlebe ich das. Ein Hund läuft uns unten am Osterdeich an der Leine entgegen und einer von den Sheriffs oder Hilfssheriff ruft: »Beißt der?« Und dann schreit der Sheriff von dem Hund an der Leine: »Nee, die ist läufig!« Und dann müssen alle nicht kastrierten Rüden einen riesigen Bogen um die läufige Hündin machen, und noch mindestens einen Kilometer lang versuchen sie, zu der Hündin zurückzurasen. Ich nicht. Mich interessiert das auch, ob die läufig ist oder nicht. Die riechen anders als sonst, das ist immer interessant. Das ist dann aber auch schon so ziemlich alles.

Außerdem hätte ich nicht diese Gelassenheit, für die ich so berühmt bin. Und ich würde mir mangels läufiger Hündin ständig die Schienenbeine von irgendwelchen Menschen zum Rammeln aussuchen und von denen natürlich weggeschubst werden. Das ist doch kein Leben, die armen Viecher.

Hilfssheriff hatte in ihrer Kindheit auch einen Pudel. Der war kleiner als ich und schwarz und hieß interessanterweise auch Carlo. Der war nicht kastriert und hing den Menschen dauernd an den Unterschenkeln.

Der Vater von Hilfssheriff hat sich manchmal einen Spaß daraus gemacht, Carlos Rammelei nicht sofort zu unterbinden. »Wenn zum Beispiel jemand zu Besuch da war, den wir alle nicht leiden konnten«, erzählt Hilfssheriff, »dann hat mein Vater immer extra lange gewartet. Diebisch gefreut hat er sich, wenn der bescheuerte Besucher ganz aufgeregt versucht hat, den rammelnden Pudel Carlo von seinem Bein abzuschütteln.«

Mecklenburger Platz

Das war vorauszusehen. Hilfssheriff und Thea sitzen auf einer Bank am Mecklenburger Platz im Steintor in der Sonne und machen keinerlei Anstalten, sich von hier wegzubewegen. Am Laternenpfahl orte ich eine Pi-Mail von dem Schäferhund, der hier fast jeden Tag mit seinem Sheriff rumhängt. Ich hab' großen Respekt vor Schäferhunden. Was schreibt der denn? »Öder Tag wieder heute, nur rumgesessen, Laune im Keller.« Das bedeutet Alarmstufe Rot. Mit einem frustrierten Schäferhund möchte ich nicht in ein direktes Gespräch kommen. Ich würde hier gerne verschwinden.

Aber Hilfssheriff erzählt gerade die Geschichte von der Schnellstraße, die hier ursprünglich hinsollte, ein Teil der Mozarttrassenplanung. Deren Bau ist vor vielen Jahren zusammen mit der Mozartrasse am Widerstand der Bewohner gescheitert. »So eine große freie Fläche gab es hier vorher nicht«, sagt Hilfssheriff. »Hier war es eng bebaut wie im ganzen Viertel. Dieser Platz ist damals für die Autotrasse abgeräumt worden. Die Straße, die hier lang führen sollte, war Teil der Tangentenpläne. Tangenten, so nannten die Straßenplaner damals die Autotrassen.« Hilfssheriff zeigt auf ein italienisches Restaurant. »Guck' mal, da drüben, das Lokal, das heißt sogar ›Tangente‹.« »Tatsächlich«, wundert sich Thea. »Wenn wir da früher mit unseren Kindern Pizza gegessen haben, dann sind die auf dem Klettergerüst da hinten rumgeturnt, bis das Essen fertig war und nach dem Essen gleich wieder losgerannt.« »Sehr praktisch«, findet Thea.

Ich hasse den Mecklenburger Platz, auch wenn er autofrei ist. Alle Sheriffs bleiben hier stecken. Sie treffen jemanden und quatschen, sie schlurfen am Samstag auf dem Ökomarkt von einem Stand zum anderen und quatschen, sie trinken Kaffee oder Wein und quatschen. Ein absolut nervtötender Ort.

Ganz hinten kraxeln Kinder auf dem großen Kletterseilgerüst herum. Gegenüber wuseln die ganz Kleinen über den eingezäunten Spielplatz. Ihre Eltern hocken auf den Bänken dort und halten ihr Gesicht in die Sonne. Zwischendurch tun sie so, als würden sie die Sandkuchen aufessen, die ihre Kinder mit ihren Förmchen produziert haben. »Mmh, lecker«, lügen sie. Gott, wie mir das alles auf den Senkel geht.

»Lass uns mal losgehen« sagt Thea plötzlich. »Ich glaube, Carlo macht das hier keinen Spaß mehr.«

Super Thea! Du kannst gern wieder mitkommen.

Ordnung und Sauberkeit

Auf den Weserwiesen liegt jede Menge interessantes Zeug herum. Mal sehen, ob ich wieder einen schönen alten vergammelten B A L L aufstöbere.

Auf den Weserwiesen sieht es nie ordentlich und sauber aus. Das liegt zum einen an den Leuten, die hier grillen, Picknick machen und ihren Dreck liegen lassen. Aber nicht nur. Es liegt auch daran, dass die Weser einen durchschnittlichen Tidenhub von vier Metern hat.

Das heißt, bei Hochwasser liegt die Weser im Schnitt vier Meter höher als bei Niedrigwasser. Wenn die Flut bei starkem Nordwestwind besonders hoch aufläuft, bei Sturmfluten oder auch, wenn die Weser durch Regen und Schneeschmelze sehr voll ist, dann tritt sie über ihre Ufer. Oft ist ein großer Teil der Weserwiesen bei aufgelaufener Flut von Wasser bedeckt, manchmal bis zur Hälfte den Deich hoch. »Bei einer Herbst-Sturmflut 2014 wäre fast das Weser-Stadion voll Wasser gelaufen wie eine riesige Schüssel, so hoch stand die Weser«, sagt Hilfssheriff.

Deswegen ist rund um das Weser-Stadion alles verändert worden, Deicherhöhung und mobile Spundwände für brenzlige Situationen.

Na jedenfalls, wenn das Wasser mit der Ebbe wieder abläuft, dann lässt es allerhand zurück auf den Wiesen. Da liegt dann herum, was ein Fluss so mit sich führt, von Gesträuch, Kanistern, Baumstämmen, Blättern, bis zu Kisten und leichten Metallgegenständen und natürlich Plastik, Pappe, Tüten und eben auch manchmal ein B A L L .

Wenn dann ein Tourist unten am Osterdeich entlang flaniert und sich über den Dreck beschwert, die Stadt solle hier doch mal aufräumen, dann müssen die Bremer alle grinsen. Aber keiner sagt was, keiner klärt den darüber auf, dass in diesem Fluss von seiner Mündung in Bremerhaven bis zum Weserwehr in Hastedt Ebbe und Flut das Zepter schwingen. Alle lassen ihn mit dem Bild von der nachlässigen Bremer Stadtverwaltung wieder nach Hause fahren.

Remberti-Riss

Rund um uns tost der Verkehr. Hilfssheriff breitet die Arme aus. Was ist los? Will sie losfliegen? Nein, sie will irgendwas erklären. »Wir stehen hier mitten im alten Rembertiviertel«, brüllt sie gegen den Verkehrslärm an. »Hier sah es früher so ähnlich aus wie im Viertel, lauter Altbremer Häuser.«

In Wirklichkeit stehen wir mit Thea im Mittelstreifen des Rembertirings und warten darauf, dass die Ampel grün wird. Hilfssheriff hat Thea mit dem Hinweis auf interessante Geschäfte in den Fedelhören geschleppt. Ganz nebenbei versucht sie ihr plastisch vor Augen zu führen, was vor fast 50 Jahren beinahe mit dem Viertel passiert wäre.

Prickelnd finde ich das nicht, solche viel befahrenen Straßen zu überqueren und in Läden rumzuhängen. Aber wir wollen anschließend mit der Fähre über die Weser fahren. Mit der Aussicht auf einen ausgedehnten Gang mit der ballwurfbegeisterten Thea auf dem Stadtwerder lässt sich das hier eine Weile aushalten.

Den ersten Teil der gemütlichen, wenig befahrenen Geschäftsstraße Fedelhören haben wir schon hinter uns gebracht. Der andere Teil liegt auf der anderen Seite des Rembertirings. Der Fedelhören ist durch den Rembertiring in zwei Teile zerrissen. Die eine Seite haben wir auch schon mit Hilfe einer Ampel überquert. Das wiederholen wir jetzt an der nächsten Ampel, um über die andere Straßenseite zu kommen. Ohne Ampeln geht hier gar nichts. Nachdem wir diese Barriere überwunden haben, schlendern wir ein Stück durch den zweiten Teil des Fedelhören. Der ist genauso beschaulich wie der erste, wenn man mal vom Lärm der vielen Autos vom Rembertiring absieht. »Und so eine breite Straße wie der Rembertiring hätte von hier durch's Ostertorviertel geführt?«, fragt Thea. »Unvorstellbar.«

Ja, ja, das ist alles ganz unvorstellbar. Aber für mich wird langsam auch unvorstellbar, dass wir mit dieser Pflastertreterei hier noch lange weitermachen. Das scheint mein Begleitpersonal ähnlich zu sehen. Wir treten den Rückweg an, durch die Wallangen zu Hilfssheriffs Wohnung, wo die beiden die Einkaufstüten abstellen.

Natürlich müssen sie da noch mal aufs Klo. Hilfssheriff muss selbstverständlich auch noch mal eben andere Schuhe anziehen. Der Aufenthalt in

Hilfssheriffs Wohnung zieht sich die übliche nervige Viertelstunde hin. Das war nicht anders zu erwarten.

Aber dann geht es endlich weiter, auf direktem Weg zur Fähre und rüber in das grüne Paradies.

Mensch-Hund-Sprech

Wenn ich höre, wie Menschen mit Hunden reden, kann ich mich des Eindrucks nicht erwehren, dass sie nicht ganz zurechnungsfähig sind.

Alleine die Tatsache, dass sie überhaupt mit uns reden, ist im Grunde schon merkwürdig. Sie gehen schließlich davon aus, dass wir die menschliche Sprache gar nicht verstehen. Hilfssheriff zum Beispiel, die redet ohne Punkt und Komma, wenn sie mit mir allein unterwegs ist.

Außerdem denkt sie sich ständig neue Namen für mich aus. Neuerdings sagt sie Schnupsi zu mir. Schnupsi! Geht's eigentlich noch? Ich bin doch kein Zwergpudel, ich bin ein Mittelpudel, ein ziemlich kräftiger Typ.

Wenn sie mich wegzuschubsen versucht, um an den B A L L ranzukommen, dann gibt sie Sätze wie diesen zum Besten: »Schnupsi, du bist echt stark, ich kann dich ja kaum zur Seite schieben.« Schnupsi und stark, das passt doch gar nicht zusammen. Das ist ja furchtbar.

Oder neulich. Wir begegnen auf den Weserwiesen der Dobermannhündin Senta mit ihrer Sheriff-Frau. Senta hat, im Gegensatz zu mir, hochstehende Ohren, ein bisschen wie die von Fledermäusen und ein ganz kurzes etwas borstiges Fell.

Sentas Sheriff streichelt mich. »Was hast du für schöne weiche Locken, Carlo«, sagt sie. »Du siehst ja aus wie selbstgestrickt.« Selbstgestrickt! Meine Güte, ich bin ein Hund!

Hilfssheriff streichelt Sentas Ohren und fragt: »Was hast du für hochstehende Ohren, bist du vielleicht eine verzauberte Fledermaus?« Sie streichelt Sentas borstiges Fell und säuselt: »Oder bist du eine verzauberte Bürste.« Nach einer kurzen nachdenklichen Pause: »Nein, ich glaube, du bist eine verzauberte Fledermausbürste!« Das ist doch völlig gaga!

Widerstand

Auf dem Weg mit Thea durch den Ostertorpark stoppt Hilfssheriff. »Schade, da dürfen wir mit Carlo nicht rein«, sie zeigt auf das Hundeverbotsschild. Sehr bedauerlich, so viele Bäume und Büsche und ein Rasenplatz. Es riecht nach Laub und Gras und Erde. Leider ist in der Mitte ein kleiner Spielplatz, Spielplätze sind für mich tabu. »Den Park gäbe es heute auch nicht, wenn die Mozartrasse gebaut worden wäre. Hier würde der St.-Pauli-Durchstich lang führen, die breite Straße Richtung Hastedt.«

Aha, Hilfssheriff ist wieder auf dem Mozarttrassen-Trip. Mir egal, sie hat einen langen Spaziergang auf dem Stadtwerder angekündigt. Da spielt dieser kleine Viertelrundgang vorher keine Rolle. Außerdem gibt's hier Bäume, Hecken und Straßenlaternen mit diversen Pi-Mails. Die müssen alle gelesen und beantwortet werden.

»Dieser Platz hier wäre jetzt auch Teil des St. Pauli- Durchstichs«, fährt Hilfssheriff am Körnerwall fort, »das wäre alles weg, das Rasen-Rondell , die Kopfsteinpflasterstraße drum herum und die Häuser mit ihren Vorgärten und Wintergärten.«

Jetzt beißt Thea tatsächlich an. »Wie ist die Mozarttrasse überhaupt verhindert worden?«, will sie wissen. »Da muss ja irgendwas anders abgelaufen sein als beim Rembertiviertel.« »Als das Ostertor dran war, da war die Zeit wohl reif dafür, sich zu wehren. Das war Anfang der siebziger Jahre, die wilden Jahre nach 68. Die Mozarttrasse war Stadtgespräch. Es fand ein richtiger Machtkampf statt. Die Trassengegner kamen aus allen politischen Richtungen und sie machten die unterschiedlichsten Aktionen. Von Unterschriftensammlungen bis zu Hausbesetzungen war alles dabei.«

Mir hängt die ganze Trassengeschichte zum Hals raus. Ich kann das alles schon auswendig. Aber natürlich finde ich es super, dass die Leute damals auf die Barrikaden gegangen sind. Das Viertel mit seinen vielen Winkeln ist das reinste Schnüffel-Paradies. Das wäre ja alles futsch gewesen.

Aber das scheint es trassenkampftechnisch sowieso für heute gewesen zu sein. Wir marschieren den Sielwall hoch und vom Osterdeich schräg die Rampe runter zur Fähre. Der Stadtwerder ruft.

Hal över

So, jetzt lächeln, was das Zeug hält. Neben Hilfssheriff her tänzeln, gewinnende Blicke hochwerfen und lächeln. Die palavert und palavert. Sie muss Thea unbedingt erzählen, dass Anfang der achtziger Jahre beinahe Schluss gewesen wäre mit dem Betrieb der Sielwallfähre. Mit der sind wir gerade auf den Stadtwerder rübergefahren.

»Immer weniger Leute haben die Fähre benutzt und die Stadt hat die Zuschüsse gestrichen. Erst sind die Preise für die Überfahrt in die Höhe geschossen. Dann wurde der Fährbetrieb eingestellt.«

»Das kann man sich nicht vorstellen, so voll wie die Fähre manchmal ist«, wundert sich Thea. Dann stellt sie die erlösende Frage: »Sag' mal, was hat Carlo eigentlich?«

Hilfssheriff guckt endlich zu mir runter. »Der will seinen B A L L.« Umständlich nimmt sie ihren Rucksack ab, fischt meinen heißgeliebten B A L L aus der Plastiktüte und schmeißt ihn in hohem Bogen den Strandweg entlang. Während wir uns dribbelnd und kickend und hinter dem Ball her rasend durch das Parzellengebiet arbeiten, erzählt Hilfssheriff, wie die Sielwallfähre damals gerettet worden ist.

»Es gab heftige Proteste gegen die Einstellung des Fährbetriebs, vor allem von den Bewohnern des Viertels und den Kleingärtnern. Dann gründeten besonders aktive Leute den Verein ›Hal Över‹.«

Mit dem Ausdruck kann Thea was anfangen. »Hal över« ist plattdeutsch und heißt »Hol über«. Das haben früher die Menschen dem Fährmann zugerufen, wenn er sie übersetzen sollte. »Das war die Rettung«, sagt Hilfssheriff. »Aus dem Verein ist die Reederei ›Hal Över Schreiber‹ geworden. Unter deren Flagge fahren jetzt Schiffe als Fährverbindung, als Hafenrundfahrten, nach Oldenburg, Worpswede und Bremerhaven bis in die Oberweser. Die schippern auch die Fußballfans von der Neustadt-Seite und von Bremen-Nord zu den Heimspielen von Werder Bremen im Weser-Stadion.«

Super, dass es die Fähre noch gibt. Die Weserüberquerung führt direkt ins grüne Hundeparadies. Das Anlegemannöver auf dem Stadtwerder kann gar nicht schnell genug gehen.

Verfall

Wie ich mehreren Pi-Mails entnehme, waren hier kürzlich etliche Hunde auf der Durchreise Richtung Weserwiesen. Denen würde ich mich gerne anschließen. Nur noch ein Stück die Deichstraße hoch, dann sind wir oben auf dem Osterdeich bei der Fußgängerampel.

Wir stehen mit Marianne auf einem kleinen hochgepflasterten Platz mitten im Milchquartier. Rundherum stecken Pfähle im Boden. Hier kommen nur noch Fahrradfahrer und Fußgänger durch. »Kleinen Moment noch, Carlo«, sagt Hilfssheriff, »gleich geht's an die Weser.« Zu meiner Bestürzung laufen wir ein Stück die St.-Pauli-Straße runter, statt hoch zum Osterdeich.

Hilfssheriff weist auf ein großes Gebäude. Was ist das jetzt wieder für ein Exkurs? Warum zeigt Hilfssheriff Marianne ausgerechnet das heruntergekommenste Haus weit und breit? »So ähnlich wie dieses sahen Anfang der siebziger Jahre viele Häuser im Viertel aus.« Aha, so sah das also damals hier aus, bevor das Viertel gerettet wurde. Ganz schön wüst, nicht so schnuckelig wie heute. Das Haus hat starke Risse und schon ewig keine frische Farbe mehr gesehen. Die Fensterrahmen sind völlig verwittert.

»Wegen der Ankündigung der breiten Autotrassen haben viele Hausbesitzer ihr Eigentum vergammeln lassen«, erzählt Hilfssheriff. Das sollte ja alles abgerissen werden. Viele verkauften an Spekulanten.« »Ob das Haus hier noch zu retten ist?«, zweifelt Marianne. »Wer wohnte denn damals überhaupt noch hier?« »Die Ostertorschen, die dageblieben sind, Studenten und Künstler und andere Leute, die nicht so viel Geld hatten. Der Wohnraum war billig.«

Hilfe! Hilfssheriff findet wieder mal kein Ende. Aber dann sagt Marianne: »Wir sollten jetzt an die Weser gehen. Carlo guckt schon ganz angeödet.«

Wie aufmerksam! Schön, wenn man mitdenkendes Begleitpersonal an seiner Seite hat. Wir drehen um und gehen die Deichstraße hoch.

Laissez faire

Bremen ist für seinen Liberalismus bekannt und eine gewisse Offenheit. Im Viertel zum Beispiel, da kann jeder im Großen und Ganzen so leben, wie es ihm gefällt, bunt und freakig oder ganz normal bis spießig. Alles ist erlaubt, solange es die anderen nicht zu sehr einschränkt.

»Manchmal geht diese Liberalität aber auch zu weit«, findet Hilfssheriff. Neulich zum Beispiel: Hilfssheriff und ich sind unterwegs über die Brücke in den Wallanlagen und dann weiter am Wallgraben entlang. Da stand wieder ein großer grauer Fischreiher am Ufer, mitten in der Stadt. Der passt aber nicht in mein Jagdschema, nicht mit so einem langen Schnabel und so langen Beinen, der ist eine Nummer zu groß für mich. Aber das nur nebenbei, eigentlich wollte ich etwas Anderes erzählen. Wir wollten durch die Fußgängerunterführung an der Bischofsnadel Richtung Domshof.

Bischofsnadel, das muss ich mal eben erklären, meine Güte, ich komme wieder vom Hölzchen aufs Stöckchen. Die Bischofsnadel war früher ein enger Durchgang für den Erzbischof durch die Stadtmauer zum Wallgraben. Die Wallanlagen waren früher Stadtbefestigung. Dass sie ein Park nach englischem Vorbild werden sollten, ist erst 1802 beschlossen worden. Die Wallanlagen sind Bremens ältester Park.

Wir wollten also zum Domshof, auf den großen Gemüse- und Lebensmittelmarkt, und zwar zu Fuß durch die Fußgängerunterführung Bischofsnadel.

Als wir an dem Tunnel ankommen, stehen da zwei Polizisten und klären die Radler darüber auf, dass sie in dem Tunnel nicht fahren dürfen, sondern absteigen müssen. Es gibt Radfahrer, die bleiben ganz krass auf ihrem Fahrrad sitzen, wenn sie diesen Tunnel durchqueren. Sie wuseln zwischen den Fußgängern durch und gehen denen damit mächtig auf den Keks. Und jetzt stehen da zwei Polizisten und weisen die darauf hin, dass sie in der Unterführung nicht Rad fahren dürfen. Ist das nicht rührend? Solche liebenswürdigen Polizisten, die ihre kostbare Zeit damit verplempern müssen, völlig selbstverständliche Dinge zu erklären.

Hilfssheriff bekommt auch gleich wieder eine mittelschwere Krise, als sie das sieht. »Warum tauchen Sie hier nicht in Zivil auf und kassieren alle Radfahrer, die im Tunnel fahren, einfach ab«, fragt sie die Polizisten. Aber das ist nicht deren Auftrag.

Hilfssheriff versteht das nicht und ich auch nicht. Warum werden Leute, die in so einem Tunnel Rad fahren, nicht dafür zur Kasse gebeten? Dieses Laissez-Faire-Gehampel geht Hilfssheriff mächtig auf den Senkel. Mir auch. Auch ich lege keinerlei Wert darauf, von einem Radfahrer umgenietet zu werden, weder im Tunnel, noch sonstwo.

Der Pawlowsche Reflex

Laissez Faire ist nicht mein Ding. Ich brauche klare Regieanweisungen, sonst komme ich total durcheinander. Hilfssheriff betont das auch immer: »Hunde brauche klare Regeln.« Allerdings kann man ihre Anweisungen selten als klar bezeichnen. Dafür redet sie einfach zu viel. Man könnte auch sagen, sie textet mich zu. Aber sie schreit wenigstens nicht rum. Oder sagen wir mal so, sie fängt nur an zu schreien, wenn sie denkt, dass ein anderer Hund mich auffressen will.

Wenn man die Sache auf den Punkt bringt, dann besticht mich Hilfssheriff die ganze Zeit. Wenn ich mache, was sie will, dann kriege ich was dafür, ein dickes Lob, eine fette Streicheleinheit oder ein Leckerli.

An der Sielwallfähre zum Beispiel. Wenn wir da die eine Rasenfläche verlassen, den Weg queren und in der Regel erst mal die Rampe runtergehen, damit ich Weserwasser trinken kann, und dann wieder hochklettern und wieder den Weg queren müssen, um auf die nächste Rasenfläche zu gelangen, wo es Richtung Weser-Stadion weitergeht, dann laufe ich ganz nah neben Hilfssheriff, also bei Fuß. Hilfssheriff möchte verhindern, dass ich unten am Wasser mit der anlegenden Fähre und oben auf dem Weg mit Radfahrern in Konflikt gerate.

Wer jetzt denkt, ich gehe da bei Fuß, weil ich so ein wohlerzogener Hund bin, der hat nur zur Hälfte recht. Ich gehe da nämlich eisern ganz nah neben Hilfssheriff, weil sie mir immer einen Hundekuchen zusteckt, nachdem wir bei Fuß gehenderweise diesen Parcours hinter uns gebracht haben.

Also lecke ich mir schon das Maul, wenn wir von der einen Rasenfläche losgehen. Hilfssheriff sagt »Warte, warte ...« – das ist hier ihre Regieanweisung zum bei Fuß gehen – und mir läuft das Wasser im Maul zusammen.

Das nennt man den »Pawloschen Reflex«, der funktioniert ausgezeichnet, auch bei Menschen. »Mit Hilfe des ›Pawloschen Reflexes‹ können Frauen sich sogar sehr erfolgreich auf eine Geburt vorbereiten«, behauptet Hilfssheriff. Geburt, dieses Thema steht ganz oben auf der Agenda von Hilfssheriffs Lieblingsthemen. Wenn sie da einmal mit anfängt, kann sie richtig in Fahrt kommen.

Man sollte annehmen, dass so eine Geburt ganz einfach passiert. Bei Hunden ist das jedenfalls so. Die Hündin ist trächtig und wirft mehrere Welpen. Das schafft sie allein.

Bei Menschen scheint das nicht der Fall zu sein. Aber wenn ich damit jetzt anfange, dann mache ich ein ganz großes Fass auf, mit überflüssigen Kaiserschnitten, künstlich eingeleiteten Geburten, nicht mehr vorhandenen Sonntagskindern und der Behandlung des Kinderkriegens wie einer Krankheit. Das vertagen wir lieber.

Das Siel

Der Sielwall wird auf der zweiten Silbe betont. Wer ihn auf der ersten Silbe betont outet sich als Nichtbremer. Früher war unten an der Weser in Höhe des Sielwalls ein kleiner Deichschart. Die Straßen Sielwall und seine Verlängerung Dobben waren mal ein Fluss, der Dobben hieß. Der verband die Weser über das Siel mit dem Kuhgraben weit draußen im Blockland. Dieser Fluss hatte zu beiden Seiten Erdwälle. Später war der Dobben ein stinkender Abwasserkanal. Der wurde dann zugeschüttet und ist zur Straße geworden. Das Siel gibt es nicht mehr.

Hilfssheriff hat ihre ersten Lebensjahre am Sielwall verbracht. Da gab es das Siel unten an der Weser noch, mit einem Gitter oben drumherum, damit da keiner reinfällt. »Es gab so wenig Autoverkehr«, erzählt sie, »dass wir Kinder mitten auf dem Sielwall spielen konnten. Wenn ein Auto kam, sind wir für einen Moment an die Seite gegangen.«

Warum ich das erzähle? Weil man sich das heute angesichts der vielen Blechkisten gar nicht mehr vorstellen kann.

Die Weser mit dem Osterdeich war ein beliebter Ort zum Rumtoben und Rodeln im Winter. Das ist er für die Kinder heute auch noch, aber sie können da nicht mehr alleine hingehen, jedenfalls nicht, wenn sie noch so klein sind, wie Hilfssheriff damals war, als sie mitten auf dem Sielwall spielen konnte. In den fünfziger Jahren gab es hier kaum Autoverkehr.

Die Schnüfflerin

An dem Siel, das für die vordere Hälfte des Namens der Straße Sielwall verantwortlich ist, hatte Hilfssheriff als Kind einen schweren Unfall. Ihre Freundin und sie sind als Fünfjährige auf dem Schutzgitter oben über dem Siel herumgeturnt. Hilfssheriff ist abgestürzt und auf den Steinboden unten gefallen.

»Das Schutzgitter war dort, um genau das zu verhindern. Aber so sind Kinder eben«, sagt Hilfssheriff. Sie war bewusstlos und ihre Freundin ist vor Schreck getürmt.

Gott sei Dank hat die Verkäuferin in der kleinen Bude am Osterdeich, Ecke Sielwall, den Vorfall mitbekommen und einen Krankenwagen gerufen. Sonst wäre Hilfssheriff vielleicht bei der nächsten Flut ertrunken. Das wäre jammerschade. Dann könnte sie heute nicht mit mir in der Gegend rumspazieren.

»Ich bin erst wieder aufgewacht, als meine Eltern mich vom Krankenhaus abgeholt hatten. Ich lag hinten auf der Rückbank des Autos mit einem dicken Verband um die Schulter«, erinnert sich Hilfssheriff.

Sie hatte sich bei dem Sturz das Schlüsselbein gebrochen und musste den Verband wochenlang tragen und ganz vorsichtig sein. »Der Verband roch allerdings sehr gut«, sagt sie. »Ich habe immer daran herumgeschnüffelt.«

Sehr sympathisch. Hilfssheriff war garantiert die einzige, die den Geruch des verschwitzten und schmuddeligen Verbands toll fand. Sie fand den Geruch so toll, dass sie wenig Begeisterung zeigte, wenn der Verband gewechselt werden musste.

Die Bude oben am Sielwall gibt es immer noch. Sie ist jetzt in den Werderfarben angemalt. Die Wiese unterhalb der Bude ist immer gerammelt voll mit Menschen, die dort in der Sonne chillen, sobald die Temperaturen das zulassen.

Das Siel gibt es nicht mehr. Weiter Richtung Weser-Stadion unterhalb der Weserterrassen, da ist aber noch so ein Siel.

Aufbruch

Manchmal ist es wirklich zum junge Hunde kriegen. Das war jetzt natürlich ein Scherz.

Wir wollen raus, spazieren gehen und Hilfssheriff rennt wie ein aufgescheuchtes Huhn zwischen Wohnzimmer, Küche, Flur und Gästetoilette in ihrer Wohnung herum.

Sie sucht den Schlüssel, sie sucht den B A L L, sie muss noch mal aufs Klo. Dann fehlt wieder die Hundeleine oder die »Hundekackatüten«. Sie nennt die Plastiksäcke für meine Hinterlassenschaften tatsächlich Hundekackatüten. Das ist ja furchtbar! Warum sagt sie nicht gleich Hunde-AA-Beutel?

Na, egal, soll sie die Dinger nennen, wie sie will, Hauptsache, es geht jetzt endlich mal los hier. Aber nein, Hilfssheriff sagt zu mir: »Warte, Hundibundi, es kann sich nur noch um Sekunden handeln.«

Ich glaub's nicht! Schnuffel, Karlchen, Schnupsi und was sie sonst noch so alles von sich gibt, das lasse ich mir ja gefallen, aber Hundibundi, das geht zu weit. Da könnte ich sie ja Menschibenschi nennen, das ist ja furchtbar.

Menschibenschi, zur Strafe dafür, dass es ihr einfach nicht gelingen will, einen geordneten, schnellen Abgang Richtung Weserwiesen auf die Reihe zu kriegen.

Menschibenschi, das gefällt mir, das hilft mir, meinem Ärger über diese ewige Warterei Luft zu machen.

Keine faulen Kompromisse

Hilfssheriff holt mich ab. Auf dem Weg checke ich schon mal die eine oder andere Pi-Mail. Von meiner Labrador-Freundin Buka ist auch eine dabei. Die ist auf dem Weg zur Weser, samt Frisbeescheibe. Nix wie hinterher! Aber nein, Hilfssheriff setzt sich an einen Tisch vom Eiscafé Panciera vor Penny auf dem Ulrichsplatz.

»Wir sind hier verabredet, Carlo«, teilt sie mir mit. Also, ich nicht, ich bin nicht verabredet. Ich finde ganz unerhört, dass sie hier jetzt rumsitzt und in die Sonne grinst. Normalerweise ist sowas der letzte Programmpunkt, nachdem wir mindestens eine Stunde zusammen rumgerannt sind. »Wir warten auf Thea, trinken einen Kaffee, und dann geht's los«, ergänzt sie. Seit wann trinke ich Kaffee? Aber da kommt Thea schon. »Hallo Carlo, wie sieht's aus?«, begrüßt sie mich und streichelt mir über den Kopf. »Ihr habt hoffentlich deinen B A L L eingepackt?« Ja, haben wir.

Aber dann dauert es doch noch fast eine ganze halbe Stunde, bevor wir aufbrechen. Hilfssheriff ist wieder in den Mozarttrassenkampf-Modus verfallen. Und das nur, weil Thea gesagt hat, dass sie so gern hier sitzt und dem Treiben der Menschen auf dem Ostertorsteinweg zuguckt. Woraufhin Hilfssheriff geantwortet hat: »Ja, ich auch, nicht vorstellbar, wenn die Mozarttrasse gebaut worden wäre. Dann wäre hier alles im Eimer.«

Jetzt weiß Thea, dass die Gruppe, die den Kampf gegen die Trasse damals angeführt hat, sich zuerst nur für eine veränderte Mozarttrasse eingesetzt hatte. Das waren zwölf junge Männer und drei junge Frauen aus der Altstadt-SPD. Die Gruppe nannte sich »Arbeitskreis Ostertorsanierung«, abgekürzt »AKO«.

»Keiner von denen hatte sich damals vorstellen können, dass die Mozarttrasse komplett gekippt werden könnte« berichtet Hilfssheriff. »Die Pläne dafür waren alt, aus den zwanziger Jahren, und sie waren Teil eines großen Konzepts von breiten Autotrassen rund um die Innenstadt. Die Stadt hatte schon Millionen in die Trassenplanung gesteckt.«

»Ja, und wie ist es dann trotzdem dazu gekommen, dass das Viertel hier erhalten blieb?«, will Thea wissen. »Die Auseinandersetzung lief über Jahre, bis auf einer überfüllten Anwohnerversammlung im Chorprobensaal des Theaters im Sommer 1973 eine Anwohnerin, Hanna Ehmke, laut ausgesprochen hat, was alle gedacht haben: Ob schon mal jemand die Einwohner gefragt habe, ob sie überhaupt eine Autotrasse haben wollen. Damit waren alle Alternativmodelle für die Trassengegner vom Tisch. Hinterher hat Hanna Ehmke erzählt, dass sie ihre Wortmeldung nicht geplant hatte. ›Das musste einfach raus‹, hat sie gesagt. In den Folgemonaten wurde es noch richtig spannend. Die nächste Einwohnerversammlung fand in der Glocke statt, mit 850 Leuten. Im Dezember 1973 kam das Aus für die Mozarttrasse.«

»Verrückt, was ein Redebeitrag auslösen kann«, findet Thea. »Aber jetzt lass uns losgehen. Der Hund braucht Bewegung, und ich auch.«

Der Instinkt

Ich bin nicht blind. Ich laufe nicht einfach so vor ein Auto. Andererseits, wenn ich abgelenkt werde ... und ablenken lasse ich mich leicht. Deshalb übt Hilfssheriff mit mir im »Milchquartier« das korrekte Verhalten im Straßenverkehr. Das Milchquartier liegt zwischen Ostertorsteinweg, Sielwall und Osterdeich. Früher gab es hier einen Kuhstall und einen Milchladen. Daher der Name. Der ehemalige Kuhstall beheimatet jetzt das »Kubo«, ein Kulturzentrum. Den Milchladen gibt es nicht mehr. Dafür parken Kinderfahrräder vor einem alten Gebäude in einer kleinen Grünanlage mit Spielplatz. In dem Haus ist ein Kindergarten.

Im Milchquartier fahren wenig Autos. »Viele ortsfremde Fahrer trauen sich hier gar nicht rein«, freut sich Hilfssheriff. Die Straßen sind eng und verwinkelt, fast jede ist eine Einbahnstraße. Zusätzlich gibt es viele Pfähle, die den Autoverkehr ganz aussperren oder das Parken verhindern.

Hilfssheriffs will, dass ich an jedem Bordstein stehen bleibe, egal ob Autos oder Fahrräder kommen. »Warte, warte, warte...«, lautet ihre Regieanweisung. Ist ja gut, ich hab's ja kapiert. Wenn ich losgehen darf, sagt sie: »Jetzt!«

Das klappt alles prima. Hilfssheriff ist schon ganz euphorisch. Bis die Sache mit dem Hund passiert: Der taucht auf der anderen Straßenseite auf – und ich renne los. Da kann sie noch so viel »warte, warte, warte...« rufen. Wenn ich Hunde, Katzen und Vögel sehe, kriege ich leider den Tunnelblick. Ich gerate sozusagen außer Kontrolle. Mein Hirn schreit zwar noch: Mann, Carlo, du solltest doch stehen bleiben! Aber dann ist es schon zu spät. Mein Hunde-Begrüßungs- oder Katzen- und Vogel-Jagdinstinkt ist schneller.

Hilfssheriff ist stinkig. »Hör mal zu, mein lieber Carlo«, motzt sie, »wenn du das noch mal machst, marschierst du nur noch an der kurzen Leine durch die Gegend.« Ich muss mich wieder an die gleiche Stelle des Bordsteins setzen und nochmal extra lange warten, bis sie »jetzt« ruft.

Tut mir natürlich Leid. Aber ob mein Hirn beim nächsten Mal schneller ist als mein Instinkt, dafür kann ich nicht garantieren. Ist wohl besser, ich bleibe weiterhin immer dort nah bei Hilfssheriff, wo Autos oder Radfahrer mich umnieten könnten, falls mein Instinkt mit mir durchgeht.

Mops-Begegnungen

Mit Hunden der Rasse Mops habe ich Probleme. Warum? Weil die schnaufen, nicht alle, aber viele. Das führt zu starken Irritationen in der Kommunikation. Die Kommunikation von Hunden hat Regeln und Reihenfolgen. Bei Möpsen stimmt die Reihenfolge nicht.

Hilfssheriff tut sich schwer damit, zu begreifen, warum ich auf schnaufende Möpse mit Knurren reagiere. »Was hast du denn gegen den?«, fragt sie. »Der ist doch total nett.«

Mag ja sein, dass der »total nett« ist. Aber wenn ein fremder Mops mich bei der ersten Begegnung anschnauft, dann ist das so, als ob Hilfssheriff jemand, den sie gar nicht kennt, bei der ersten Begrüßung auf die Schulter haut und ruft: »Na, Mädel, wie geht's, wollen wir zusammen einen saufen gehen?«

Wir Hunde schnaufen und grunzen, wenn wir zusammen rumtoben. Dabei kann das Schnaufen sehr laut werden. So laut, dass Leute, die sich mit Hunden nicht auskennen, den Eindruck kriegen, es handele sich um eine ernste, gefährliche Rauferei.

Geschnauft wird erst, wenn die Kommunikation freundschaftliche Züge angenommen hat. Vorher nähern wir uns fremden Hunden in gebührenden Abständen und mit Zwischenstopps. Oft brechen wir da schon die Kommunikation ab. Der Geruch reicht zur Beurteilung, ob wir Kontakt haben wollen oder nicht. Wenn wir Kontakt haben, dann schnüffeln wir uns ab, von allen Seiten. Wir markieren, das heißt, wir pinkeln und der andere Hund pinkelt an die gleiche Stelle. Ich markiere alles, was mir in den Weg kommt, sogar angeschwemmte Gegenstände auf den Weserwiesen.

Wenn mir ein anderer Hund richtig gut gefällt, wenn die Chemie stimmt, dann lade ich ihn mit Gebell zum Spielen ein. Und wenn der mitmacht, dann toben wir rum. Und erst, wenn wir das eine Weile gemacht haben, dann schnaufen wir.

Also kommt die Mopsschnauferei einfach zum falschen Zeitpunkt. Das Dumme ist, dass die Möpse, diese armen Schweine, das nicht abstellen können. Die schnaufen, weil sie nicht so gut Luft kriegen. Denen haben die Menschen die vorstehenden Hundenasen weggezüchtet. Sie finden die nasenlosen Möpse niedlich. Das irritiert mich, ehrlich gesagt, noch mehr als das Mopsgeschnaufe.

Die Katze

Ein Besuch bei Oma Gertrud wird mir stets in Erinnerung bleiben. Leider ist sie inzwischen gestorben. Aber als sie noch lebte, habe ich sie zusammen mit Hilfssheriff im Pflegeheim besucht.

Hilfssheriff und ich marschieren an der Weser entlang und am Weser-Stadion vorbei. Wir laufen ein bisschen zu weit, lassen also das Viertel und den Peterswerder hinter uns und steigen erst Höhe Hulsbergviertel den Osterdeich hoch. Deshalb müssen wir wieder ein Stück zurückgehen bis nach Peterswerder.

Um mich bei Laune zu halten, wählt Hilfssheriff einen grünen Fußgängerweg durch eine Wohnsiedlung. Es ist weit und breit kein Kind zu sehen, das sich vor mir ängstigen könnte, auch kein Erwachsener.

Die Katze hat Hilfssheriff natürlich nicht bemerkt, die war mehr auf meiner Augenhöhe. Und die muss ich jetzt erst mal quer über die Wiese jagen.

Ich wohne mit einer Katze zusammen und beißen tue ich die sowieso nicht. Ich bin ja nicht plemplem, die haben scharfe Krallen. Aber wenn die draußen rumrennen, dann müssen die mal eben gejagt werden. Da kommt wieder die Sache mit dem Hirn und dem Instinkt ins Spiel. Das Hirn schreit: »Hilfssheriff findet das jetzt richtig scheiße.«

Der Instinkt kreischt: »Jagen!« Raten Sie mal, wer sich durchsetzt. Das ist jetzt nicht wirklich schwierig, oder?

Na, jedenfalls findet das nicht nur Hilfssheriff völlig daneben, sondern auch ein Anwohner, der auf einem Kissen im Fenster liegt und alles beobachtet.

Hallo, wir sind hier nicht im Ruhrgebiet. Wir sind in Bremen. Hier liegen die Leute nicht im Fenster und beobachten den ganzen Tag die Nachbarn. Na, der jedenfalls doch und er veranstaltet auch gleich ein Riesengezeter: Die Katze hätte einen Herzinfarkt kriegen können, er könne Anzeige erstatten und so weiter und so weiter...

Hilfssheriff und ich, wir sind beide ganz entnervt. Hör mal, eine Katze, die von einmal kurz gejagt werden einen Herzinfarkt kriegt, die ist doch sowieso fertig. Und dann erzählt er noch was von Hundehaufen und Hilfssheriff wedelt demonstrativ mit ihren Plastiktüten.

Egal, wir sind dann einfach weitergelatscht und haben den Heini quatschen lassen.

Revolution

Im Ruhrgebiet kennt Hilfssheriff sich aus, oder besser gesagt, kannte sie sich aus. Sie war dort, um die Bewohner dieses Territoriums von der Notwendigkeit der Revolution zu überzeugen.

Das ist allerdings schon lange her und so abgedreht, dass es ihr heute ziemlich surreal erscheint. Als ich davon das erste Mal gehört habe, in einem Gespräch mit jemand aus unserem umfangreichen Begleitpersonal-Pool, dachte ich, Hilfssheriff redet wirres Zeug. Es war ein ziemlich heißer Tag.

Aber dann habe ich kapiert, dass die das damals ernsthaft gemacht haben. Ein paar Genossen, so nannten die sich ja in Hilfssheriffs kommunistischer Organisation, sollten der Handvoll Genossen im Ruhrgebiet dabei behilflich sein, ein paar Millionen Menschen zu agitieren und zu missionieren.

Hilfssheriffs Aufenthalt im Ruhrgebiet zum Zwecke der Umkrempelung seiner Bewohner zu Anhängern der Weltrevolution zog sich sogar über fast vier Jahre hin. Er war im Großen und Ganzen sinnlos, wenn man davon absieht, dass es immer von Vorteil ist, mal über den Tellerrand zu gucken.

Immerhin weiß Hilfssheriff durch die Jahre im Ruhrgebiet, dass viele Menschen dort ganz selbstverständlich stundenlang mit einem Kissen im Fenster lagen und die Leute beobachteten. Ob das heute auch noch so ist, weiß sie nicht.

Damals war das so, vor »gefühlten tausend Jahren«, um es mit Hilfssheriffs überkandidelten Worten auszudrücken.

Hinterlassenschaften

Es gibt viele Themen, die Hilfssheriff stark beschäftigen. Absurderweise gehören auch meine Hinterlassenschaften dazu. Nicht nur meine, sondern die von ca. acht Millionen Hunden in Deutschland. Wer hätte das gedacht, ich jedenfalls nicht. Ich finde das etwas verstörend.

Für meine »großen« Hinterlassenschaften, die in der Regel aus einer 1A-Kackwurst bestehen, die sich in Nullkommanix rückstandsfrei einsammeln lässt, hat Hilfssheriff immer eine ganze Sammlung von Plastikbeuteln bei sich. Kacka, so nennt sie das ja, was ich nach dem Verdauungsvorgang ausscheide. Eigenartig, dass die Menschen im Zusammenhang mit Hunden immer diese Kleinkindsprache anwenden. Egal, wenn ich also Kacka gemacht habe, sammelt sie meine Ausscheidungsresultate mit einer Plastiktüte auf und entsorgt diese dann in den nächsten öffentlichen Mülleimer.

Im Parzellengebiet auf dem Stadtwerder rennt sie manchmal kilometerweit mit einer vollen Plastiktüte in der Hand herum. Öffentliche Mülleimer gibt es da nicht. Und die Kleingärtner haben keine Lust, sich um den Müll der Spaziergänger zu kümmern.

Genau das scheint ein großes Problem zu sein. Nicht alle Sheriffs sind so beinhart wie Hilfssheriff und behalten die Kackatüten stundenlang in der Hand. Viele entsorgen die Hundekacka in der Tüte in die Landschaft, wenn kein Mülleimer in Sichtweite ist.

»Das ist ja noch schlimmer als Kacka ohne Tüte«, schimpft Hilfssheriff. Die Tüten sind in der Regel aus Plastik und verrotten nicht. Hundekacka ist deshalb ein Thema, das Hilfssheriff umtreibt. Immer wieder erörtert sie dieses Problem mit unserem Begleitpersonal.

»Das mit dem Aufsammeln läuft einigermaßen gut«, findet sie. In Hilfssheriffs Jugend, die schon viele Jahrzehnte zurückliegt, war Aufsammeln von Hundekot völlig unüblich. Der blieb einfach überall liegen.

»Eigentlich ist das Ganze aber absurd«, sagt sie. »Selbst wenn die Leute die Tüten in den Müll werfen, statt in die Gegend, landet jedes Mal auch eine Plastiktüte im Müll.«

Hilfssheriff ist schon mit umweltfreundlichen Tüten unterwegs gewesen. Aber diese Tüten haben mit dem Verrotten schon beim Auseinanderbreiten angefangen und sich in ihren Händen zerfasert.

»Auch mit Butterbrotpapiertüten habe ich es schon probiert«, geht sie ins Detail. Zu meiner Verwunderung hat sich Hilfssheriff als großer Butterbrotpapier-Fan geoutet. Früher war da ihr Schulbrot drin und sie benutzt es auch heute noch gern, wenn sie belegte Brote für unterwegs mitnimmt. Als Kind hat sie Butterbrotpapier sogar zum Durchpausen von Zeichnungen verwendet.

»Für Hundekacka ist das Papier ungeeignet. Die Tüten sind zu klein, das Papier zu sperrig«, vermeldet sie. Aha.

Deshalb betreibt sie jetzt auf unseren Spaziergängen Feldforschung mit den unterschiedlichsten verrottbaren Tüten. Bestehen die Dinger den Praxistest oder nicht?

Hoffentlich findet Hilfssheriff bald die richtige Tütensorte. Das Kackatüten-Thema sollte jetzt langsam mal abgeschlossen werden.

Werderdecke und Ruckelstuhl

Als wir damals endlich in Oma Gertruds Pflegeheim eingetrudelt waren, fing alles ganz harmlos an. Überaus angenehm sogar. Hunde kommen da nicht so häufig zu Besuch. Infolgedessen ist eine Pflegerin schon auf dem Flur streichelwütig über mich hergefallen. »Och, ist der süß, der hat aber weiches Fell«, hat sie gesäuselt. So was kann ich gar nicht oft genug hören.

Oma Gertrud hat sich auch gefreut. »Na, hast du Carlo mitgebracht, den würde ich gern mal streicheln«, hat sie gesagt. Sie hatte ja früher selbst einen Pudel. Pudel Willi war aber schon lange tot und Oma Gertrud war sehr alt und deshalb im Pflegeheim. Sie lag unter einer grün-weißen Werder-Decke im Bett. Die grün-weiße Werderdecke war ihr Markenzeichen in dem Heim.

Oma Gertrud konnte nur noch liegen oder im Rollstuhl gefahren werden. Und das machte die Sache mit dem Streicheln überaus kompliziert. Hilfssheriff tippte auf die Sitzfläche eines Stuhls, der da rumstand, und forderte mich auf: »Los, Carlo, rauf mit dir.«

Hör mal, ich springe doch nicht einfach auf jeden x-beliebigen Stuhl. Kommt gar nicht in Frage. Aber Hilfssheriff ließ nicht locker. Sie zog und schob an mir herum, bis ich schließlich doch oben auf diesem Stuhl saß. Nichts wie wieder runter hier! Aber das ließ Hilfssheriff nicht zu. Sie versperrte mir mit ihrem Körper den Weg und ruckelte den Stuhl zu allem Überfluss auch noch an den Armlehnen Stück für Stück bis ans Bett von Oma Gertrud. Gott, war mir das unangenehm, geradezu unheimlich. Schließlich setzte Hilfssheriff sich neben mich auf den Stuhl und Oma Gertrud streichelte mich ganz vorsichtig.

Letztendlich war das alles nicht sooo schlimm, aber ich war doch sehr erleichtert, als ich von diesem eigenartigen Stuhl wieder runterspringen durfte. Hilfssheriff lobte mich überschwenglich: »Super, Carlo, was bist du für ein mutiger Hund.« Das hörte sich ehrlich gesagt, nicht ganz echt an. Schwang da nicht eine leichte Ironie mit?

Egal, die drei Leckerlis, die sie mir zuschob, schmeckten sehr echt. Und der Spaziergang über die Weserwiesen zurück nach Hause war auch echt, echt lang und echt sonnig.

Lokalpatrioten

Als Hilfssheriff und ihr Mann in das Ruhrgebiet einfuhren, lief im Radio ausschließlich Karnevalsmusik. Es war gerade Karnevalszeit. »Wir sind kilometerweit über Stadtautobahnen gegondelt mit hohen Häuserfronten links und rechts« erzählt sie. »Ich hab' im Auto gesessen und geflennt. Auf was für einen Schwachsinn hatten wir uns da bloß wieder eingelassen.«

Sowohl Hilfssheriff als auch ihr Gatte sehnten sich während der gesamten Zeit im Ruhrgebiet nach Bremen. »Wir hatten regelrechtes Heimweh«, erinnert sich Hilfssheriff. Die meisten Menschen im Ruhrgebiet waren nett, aber mit diesem watt und datt konnte sich Hilfssheriff nie anfreunden. Und ihr Mann ist fast verrückt geworden, wenn die Kollegen morgens bei Arbeitsbeginn schon gequatscht haben ohne Punkt und Komma. »Es gibt im Ruhrgebiet sehr schöne Ecken, das Ruhrtal zum Beispiel. Toll fand ich auch die liebevoll restaurierten Bergarbeitersiedlungen. Aber uns fehlte vor allem die Weite«, sagt sie. Hilfssheriff ist eben ein Nordlicht.

Während der Ruhrgebietszeit guckten sich die zwei jede Sendung im Fernsehen an, die irgendwie nordisch daher kam. »Die konnte noch so bescheuert sein«, sagt Hilfssheriff, »hauptsache nordisch.«

Und sie brachten einige Erkenntnisse mit nach Hause. »Uns war vorher nie klar gewesen, dass wir einen Bremer Slang sprechen. Wir haben gedacht, wir reden astreines Hochdeutsch«, erzählt Hilfssheriff. Aber im Ruhrgebiet sagten die Leute manchmal zu ihnen: »Bleibt doch noch ein bisschen. Ihr hört euch so herrlich norddeutsch nach Urlaub an.«

Ihnen war auch nie klar gewesen, dass der damalige Bremer Bürgermeister Hans Koschnik nicht nur einen breiten Bremer Slang hatte sondern auch so schnell sprach, dass ihn sowieso fast nur Bremer verstehen konnten.

Sie wussten vor ihrem Ruhrgebiet-Trip nicht, dass es außergewöhnlich ist, auf der Straße ständig auf Bekannte zu treffen oder im Regionalfernsehproramm Leute zu entdecken, die man persönlich kennt. »Uns war gar nicht klar, wie klein und überschaubar Bremen ist«, sagt Hilfssheriff.

Und darauf ist sie mächtig stolz: Bremen, das gallische Dorf, das Kleinbonum der Bundesrepublik mit seinen unzähligen Bürgerinitiativen und seiner lokalpatriotischen Gesinnung.

Die gute Stube

»In die gute Stube wird nicht gepinkelt«, erklärt Hilfssheriff kategorisch, wenn wir über den Marktplatz gehen. Die Bremer nennen ihren Marktplatz so, ihre gute Stube. Warum? Weil sie ihn so schön finden und weil sich da so viel abspielt. Der Marktplatz ist Bremens Zentrum.

Ich bin kein Fan vom Marktplatz. Da gibt es keine Bäume, kein Gras, nur Steine. Zu allem Überfluss verbietet mir die Frau auch noch, da wenigstens mal eben das Bein an einer der Laternen zu heben und eine Pi-Mail-Botschaft zu hinterlassen. Natürlich wird nicht in die gute Stube gepinkelt. Das ist ja völlig klar. Aber in diesem Fall ist es gar keine richtige gute Stube. Das ist doch nur ein liebevoller Vergleich von den Bremern. Das muss Hilfssheriff doch wirklich nicht so wörtlich nehmen.

Heute sind wir mit Marianne unterwegs. Sie ist zu Besuch in Bremen. Deshalb müssen wir das hier heute alles abgrasen. Abgrasen ist natürlich ein Witz. Gras gibt es, wie gesagt, auf dem Marktplatz nicht. Um meinen Unmut über diesen Rundgang zum Ausdruck zu bringen, schlendere ich betont langsam hinter den beiden Damen her.

Wir stehen vor dem Roland und Hilfssheriff fordert Marianne auf, mal ganz genau zu schauen, wo der eigentlich hinguckt. Die beiden stellen sich seitlich zu der Ritterstatue und versuchen mit ihren eigenen Augen seinen Blick zu verlängern. Sie landen beim Gerichtsgebäude und der Straßenbahnhaltestelle der 2 und 3 Richtung Ostertor.

»Stell' dir mal vor, mein ganzes Leben lang dachte ich, der guckt zum Dom, um dem Bischof die Stirn zu bieten. Und dann steht plötzlich in der

Zeitung, dass das gar nicht stimmt. Der Roland guckt am Dom vorbei Richtung Ostertor. Von dort kamen früher die Händler zum Markt in die Innenstadt«, empört sich Hilfssheriff.

Außer ihr scheint es aber niemanden zu kratzen, wo der Roland genau hinblickt. Er ist und bleibt das Freiheitssymbol der Bremer.

Das Suchspiel

»Warum, meinst du, hat der Roland Handschuhe an?«, fragt Hilfssheriff Marianne. Marianne geht davon aus, dass ein Ritter in einer Rüstung immer schützende Handschuhe trägt, ich, ehrlich gesagt, auch. Aber die Handschuhe vom Roland haben offensichtlich eine besondere Bedeutung. Sonst würde Hilfssheriff nicht so eine komische Frage stellen. Na, raus mit der Sprache! »Rolands Handschuhe haben die Bedeutung des Marktrechts«, erklärt Hilfssheriff. »Im Mittelalter übergab der Kaiser einen Handschuh, wenn er einer Stadt erlaubte, Markt abzuhalten.« Aha, so einfach war das früher.

Der Roland steht vor dem Rathaus, das den Marktplatz in seiner ganzen Pracht der Weserrenaissance überstrahlt. Es ist vor Jahren zusammen mit dem Roland zum Weltkulturerbe erklärt worden. Marianne darf sich aber nicht lange damit aufhalten, die Verzierungen und Figuren am Rathaus zu bewundern. Dabei gibt es an der Rathausfassade haarsträubende Dinge zu entdecken. Oberhalb des fünften Arkadenbogens von rechts hockt der Papst auf allen Vieren und ein Kreuz steckt in seinem Hinterteil, eine drastische Darstellung der erfolgreichen Reformation. Aber Marianne muss die Gluckhenne mit ihren Küken suchen. Die sitzt dermaßen klein und versteckt über dem zweiten Arkadenbogen von links, das kann dauern.

Während Marianne angestrengt versucht, diese Henne zu finden, erzählt Hilfssheriff ihr die Geschichte dazu. Die Henne soll auf der Düne hier Zuflucht gesucht und damit die ersten Siedler dazu bewogen haben, zu bleiben. So heißt es, sei Bremen entstanden. Womit wieder mal bewiesen wäre, dass die Menschen ohne uns Tiere sowieso nicht klarkommen.

Dass wir uns hier auf einer Düne befinden, merkt man auch erst, wenn man es weiß. Eigentlich sieht alles ganz flach aus. Erst bei genauerem Hingucken fällt auf, dass es vom Rathaus Richtung Böttcherstraße leicht bergab geht.

Marianne hat die Winzhenne mit ihren noch winzigeren Kindern endlich entdeckt. Wir marschieren um die Ecke zu den Bremer Stadtmusikanten. Marianne und Hilfssheriff fassen abwechselnd die beiden Vorderbeine des Esels an und wünschen sich dabei etwas. Fast alle Menschen, die hierher kommen, tun das. Das sieht man deutlich, die Vorderbeine sind ganz blank und golden.

Die vier Tiere sind gar nicht bis nach Bremen gekommen. Das lassen die Bremer gerne unter den Tisch fallen. Sie sind das Bremer Wahrzeichen und symbolisieren, dass man mit Zusammenhalt und Kreativität eine Menge erreichen kann. Ich sag's ja, Tiere eben.

Das kreative Loch

Von großem Einfallsreichtum zeugt das Bremer Loch, zu dem wir jetzt rüber spazieren. Da hat mal jemand eine richtig gute Idee gehabt.

Das Bremer Loch befindet sich schräg vor dem Bürgerschaftsgebäude im Boden und hat die Form eines Gullydeckels mit einem Schlitz. Wenn man in den Schlitz eine Münze wirft, ertönen die Stimmen der Bremer Stadtmusikanten, allerdings nicht zusammen, sondern nacheinander.

Auf dem Deckel steht: „KREIH NICH JAUL NICH KNURR NICH SEGG I AA DOH WAT RIN IN T BREMER LOCH. Wer alle Stimmen der Bremer Stadtmusikanten hören will, muss vier Münzen nacheinander einwerfen. Das Geld kommt der Wilhelm-Kaisen-Bürgerhilfe zugute und wird für soziale Projekte ausgegeben. Also schmeißen Hilfssheriff und Marianne da natürlich auch Münzen rein.

Als plötzlich eine Katze aus der Tiefe miaut, erschrecke ich dermaßen, dass ich einen kleinen Hopser mache. Das führt zu großer Belustigung bei meinem Begleitpersonal und den vorbeilaufenden Passanten. Wenn wir Tiere mal nicht durchblicken, dann finden die Menschen das immer total süß. Dann bellt der Hund. Wie kommt der, bitteschön, unter den Gullydeckel? Ich stelle den Kopf schief, um das zu ergründen und kratze an dem Deckel.

Okay, das Geheimnis lässt sich hier und heute wohl nicht auflösen. Seltsam ist sowieso, dass hier Tierstimmen ertönen, der dazu gehörende Geruch aber nicht vorhanden ist. Es muss ein Fake sein, eine Maschine. Nach dem IAA und dem Kikerki, das mich nur noch ein bisschen verwundert, geht es dann endlich weiter.

Das Bremer Loch ist äußerst lukrativ. In den ersten zehn Jahren sind rund 150.000 Euro zusammen gekommen.

Auf dem Marktplatz hört man aber nicht nur die Stimmen der vier Stadtmusikanten. Gänge über den Marktplatz sind fast immer von Musik begleitet. Irgendein Straßenmusiker gibt hier jedes Mal sein Können zum Besten.

Auf dem Marktplatz ist immer viel Betrieb. Wenn das Wetter schön ist, wie heute, sitzen die Menschen vor den Lokalen oder auf den Stufen vor dem Bürgerschaftsgebäude und vor dem Bremer Dom.

Reinigungsarbeiten

Am Dom finden gerade Säuberungsarbeiten mit Musik statt. Ein junger Mann fegt auf den Domtreppen Kronkorken zusammen. Seine reizenden Freunde wirbeln sie immer wieder auseinander.

Der Pechvogel hat es versäumt, vor Ablauf seines 30. Lebensjahres zu heiraten. Inzwischen ist das ja ganz normal, früher war das eher außergewöhnlich. Jedenfalls muss er jetzt die Domtreppen fegen, bis eine Jungfrau des Weges daher kommt und ihn freiküsst. Da kann er lange warten, vermute ich.

Frauen müssen die Klinken der Domtüren putzen, wenn sie mit 30 noch ledig sind. Dazu gibt es Musik aus der Konserve und Getränke alkoholischer Art. »Früher haben die Leute beim Domtreppenfegen eine Drehorgel gekurbelt, ausgeliehen vom Drehorgelverleih im Schnoor«, erzählt Hilfssheriff Marianne. »Drehorgeln sind fast komplett aus dem Stadtbild verschwunden. Den Drehorgelverleih im Schnoor gibt es auch nicht mehr.«

Weil es hier gerade so hektisch ist, setzen sich Hilfssheriff und Marianne wenigstens nicht auch noch auf die Domtreppen, sondern marschieren zurück Richtung Marktplatz. Aber zu früh gefreut, dort lassen sie sich auf den Stufen vor dem Bürgerschaftsgebäude nieder. »Ich finde, den Marktplatz muss man immer einen Moment auf sich einwirken lassen«, sagt Hilfssheriff. Auch das noch. Jetzt sitzen sie da und glotzen.

Immerhin können sie alle Gebäude und den Roland gut sehen. Das ist nicht immer so. Auf dem Marktplatz ist oft irgendetwas los. Die Bremer sind ziemlich feierfreudig. Dann geht der Roland zwischen Zelten, Bühnen, Buden und Menschen fast unter.

Ein Rundblick

Die Häuser gegenüber vom Bürgerschaftsgebäude, die alten Bürgerhäuser, sind ein Fake. Sie sind gar nicht so alt, sie sehen nur so aus. Sie sind nach dem Krieg aus verschiedenen anderen Gebäuden aus der Bremer Innenstadt zusammengesetzt worden. Nach dem Zweiten Weltkrieg, weiß der Henker, warum die Menschen überhaupt Kriege führen, war hier so ziemlich alles im Eimer. Nur der Dom und das Rathaus blieben verschont. Der Roland auch, den hatten die Bremer vorsichtshalber eingemauert. Schließlich ist er ihr Freiheitssymbol.

Der Schütting links ist auch wieder aufgebaut worden. Er war zerbombt. Er stand und steht nicht zum Spaß direkt gegenüber dem Rathaus. Er ist das üppig ausgestattete Haus der Bremer Kaufleute, heute die Bremer Handelskammer. Die Kaufleute hatten schon immer eine Menge zu sagen in Bremen.

»Da am Portal steht der Leitspruch der Bremer Kaufleute: Buten und Binnen, Wagen und Winnen. ›buten un binnen‹, so heißt auch eine beliebte Fernsehsendung von Radio Bremen. Die wird jeden Abend ausgestrahlt«, erzählt Hilfssheriff. Okay, da wusste sie mal mehr als ich. Fernsehen interessiert mich nicht die Bohne

So, jetzt weiter, Schwenk nach rechts. Das Rathaus hatten wir ja schon. Das sah auch nicht immer so aus. Die Renaissance-Fassade bekam es erst rund 200 Jahre nach seinem Bau, aber das ist auch schon über 600 Jahre her. »Das Rathaus ist damals ganz bewusst provokativ direkt neben dem Palast des Erzbischofs errichtet worden«, sagt Hilfssheriff. »Rathaus und Roland, die weltliche gegen die kirchliche Macht.«

Gut, das haben wir jetzt auch erfahren, kommt nochmal der Dom. Dieser Dom ist der fünfte. Der davor, der vierte, war schon fast eine Ruine, als den

Kaufleuten um 1900 einfiel, dass so ein Dom irgendwie auch einen Wert hat. Und dann ging es los. Sie sammelten Geld, viel Geld, und ließen den Dom nach einem alten Bild in der Oberen Rathaushalle neu errichten, auf alt getrimmt, so wie sie sich den zweiten und dritten Dom vorstellten, nur mit zwei höheren spitzen Türmen.

Der Teufel in der Kirche

So, jetzt aufstehen, umdrehen, Haus der Bürgerschaft angucken, und dann schnell weitergehen.

Nein, Hilfssheriff muss zuerst noch was über die Liebfrauenkirche sagen, die sieht man schräg hinter dem Rathaus. »Die Liebfrauenkirche mag ich ganz besonders. Manchmal gehe ich da rein und setze mich einfach einen Moment hin.« Oh, das wusste ich ja gar nicht. Das macht sie wohl, wenn sie ohne mich in der Stadt unterwegs ist. »Die Liebfrauenkirche hat bunte Fenster von dem französischen Künstler Alfred Manessier. Die machen zusammen mit dem hellen Rot der Steinwände in der Kirche ein warmes und freundliches Licht«, sagt Hilfssheriff.

Aber, wie sich herausstellt, verbindet Hilfssheriff ein spezielles Erlebnis ganz besonders mit dieser Kirche. »In der Liebfrauenkirche habe ich vor vielen Jahren eine Aufführung von Goethes Faust gesehen. Schauspieler und der Chor des ›Blaumeier-Ateliers‹ haben das Stück aufgeführt. Es war sehr komisch, hieß auch nicht ›Faust‹, sondern ›Fast Faust‹. Die Karten für das Stück waren heiß begehrt. An einer Stelle guckte eine riesige weiße Gottesmaske durch ein innen liegendes großes Fenster in das Kirchenschiff. Dieser Gott sah total nett und witzig aus. Das Gretchen hatte eine ganz tiefe Stimme und selbst den Teufel habe ich nicht besonders furchteinflößend in Erinnerung.«

Hilfssheriff wird doch jetzt nicht auch noch erklären, was das »Blaumeier-Atelier« ist. Nee, macht sie nicht, vermutlich kennt Marianne den Verein.

Aber ich könnte dazu was erzählen: Es ist ein Kunst- und Kulturprojekt von Behinderten und nicht Behinderten, von, wie die Blaumeier-Leute selbst sagen, »Normalen« und »Verrückten«. Blaumeier gibt es seit mehr als 30 Jahren. Die Blaumeiers sprühen vor Kreativität. Sie führen Theater- und Maskentheaterstücke auf, haben einen Chor, den »Chor don Bleu«, malen und verkaufen Bilder, machen Bücher mit Gedichten, fotografieren und spielen in einer Band. Wer welches Handicap hat, ist in dieser Truppe Nebensache. Die gehen sogar auf Tournee und sind ein toller Botschafter für die Stadt Bremen.

Jetzt aber weiter, die Bremer Bürgerschaft. »Viel Glas, viel Licht. Hier sitzt unser Landesparlament bei den Bürgerschaftssitzungen«, sagt Hilfssheriff. »Oft laufen Ausstellungen im Bürgerschaftsgebäude. Fotoausstellungen und Karikaturenausstelllungen hab' ich mir schon angesehen. Ich mag das Gebäude, auch wenn es nicht alt ist, es stammt aus den sechziger Jahren.«

Feste feiern

»Im Oktober fahre ich immer einmal mit dem kleinen Riesenrad, auf dem Marktplatz«, erzählt Hilfssheriff. Ach, guck'an, sowas macht die. Ist das nicht eigentlich was für Kinder? Im Oktober findet rund um den Marktplatz der Kleine Freimarkt statt, parallel zum Großen Freimarkt auf der Bürgerweide. Das Riesenrad steht direkt vor dem Schütting. »Wenn man oben in der Gondel sitzt, kann man die Figuren und Verzierungen des Schütting aus allernächster Nähe sehen und den ganzen Marktplatz mit den beleuchteten Buden überblicken«, schwärmt Hilfssheriff.

Gottseidank schleift sie mich nicht mit zu solchen Märkten. »Für Hunde ist das nichts«, hat sie ganz richtig erkannt. Viel zu viele Menschen, die mir die Pfoten platt treten könnten. Aber Hilfssheriff mag die Atmosphäre auf dem kleinen Freimarkt. Sie schnüffelt auch gern an den Ständen des Mittelaltermarktes zwischen Liebfrauenkirche und Rathaus herum. Da ist es nicht so laut und nicht so hell, eben mittelalterlich.

Hilfssheriff gefällt auch der Weihnachtsmarkt rund um Rathaus und Dom. Vom Weihnachtsmarkt führt ein mit Buden gesäumter Weg zur Weserpromenade, zum Schlachtezauber. Dort steht das »Freibeuterdorf der Fogelvreien«, mit Holzfeuern, Gauklern, Gewürzkrämern, einem Schmied und weitere Buden. Die Schiffe, die an der Weser liegen, und die Bäume sind festlich blau beleuchtet.

Das Highlight auf dem Marktplatz ist für Hilfssheriff der Auftakt des Musikfestes im Spätsommer. Dann werden die Gebäude auf dem Platz farbig angestrahlt und kommen ganz besonders gut zur Geltung. »Es herrscht eine friedliche Stimmung, besonders in warmen Sommernächten«, erzählt sie. »Ich kenne den Marktplatz von Kindesbeinen an, aber beim Musikfestauftakt habe ich hier schon gestanden und konnte kaum fassen, wie schön dieser Platz ist.«

Auf Zeitungsfotos vom Musikfestauftakt kann man sehen, dass das nicht nur Hilfssheriff so geht. Die Menschen stehen auf dem Platz und staunen.

Hundefreundschaft

Wenn Hilfssheriff und ich oben auf dem Osterdeich angekommen sind, peilen wir erst die Lage. Wer ist unterwegs auf den Wiesen? An besonders guten Tagen sagt Hilfssheriff: »Guck'mal Carlo, da ist Buka.« Das elektrisiert mich dermaßen, dass ich sofort losrenne.

Buka ist eine schwarze Labradorhündin und meine beste Freundin. Sie wohnt bei mir um die Ecke. Wenn ich mit den Sheriffs im Urlaub war, führt mein erster Gang immer zu Bukas Haus. Ich steige aus dem Auto und laufe direkt zu ihr.

Buka ist viel größer als ich. Sie hat immer gute Laune, tobt gerne rum und ist tiefenentspannt. Im Gegensatz zu mir, hat sie nichts dagegen, wenn sich andere Hunde mit ihrem Spielzeug vergnügen. Wenn ein Hund meinem B A L L zu nahe kommt, werde ich zum Monster. Buka kratzt sowas nicht. »Die guckt ganz gelassen dabei zu, wie fremde Hunde mit ihrer Frisbeescheibe nicht klarkommen«, hat Gisela, eine Freundin von Hilfssheriff, Bukas souveränes Verhalten mal sehr treffend beschrieben.

Es passiert aber auch, dass ich auf weite Entfernung einen schwarzen Hund für Buka halte, obwohl es gar nicht Buka ist.

Hilfssheriff will nicht, dass ich da einfach hin rase. Wir wissen schließlich beide nicht, wie dieser fremde Hund gerade drauf ist. Also versucht sie mir klarzumachen, dass das nicht Buka ist, ohne den Namen Buka auszusprechen. »Bleib' hier Carlo, das ist nicht der Hund, von dem du glaubst, dass er es ist, das ist ein anderer«, erklärt sie beispielsweise. Das hört sich komplett durchgeknallt an. Gut, dass sowas noch niemand mitgehört hat.

Aber es funktioniert, ich verstehe sie. Wenn Hilfssheriff ihr Gebrabbel zum Besten gibt, laufe ich nicht los. Ich bleibe bei ihr, und wir gehen zusammen runter auf die Wiesen.

Der Hütemensch

Tierisch heiß heute. Ab in den Schatten in die Wallanlagen. Für solche Gelegenheiten ist der B A L L ein sehr nützliches Instrument.

Wir platzieren uns unter den Bäumen auf der hügeligen Wallwiese gegenüber der Kunsthalle (ein gartenarchitektonisches Meisterwerk, wie Hilfssheriff findet). Hilfssheriff schmeißt den Ball und ich bringe ihn zurück und liefere ihn nach einiger Überredungskunst auch wieder bei ihr ab. »Hör mal zu, Carlo«, sagt Hilfssheriff zu mir, »das ist ja alles ganz witzig, was du hier machst (wenn sie nach dem Ball greift, schnappe ich ihn mir blitzschnell wieder). Aber wenn du mir den Ball nicht gibst, dann kann ich ihn auch nicht werfen.« Ich muss zugeben, da ist was dran. Deshalb überlasse ich ihr den Ball nach einer gewissen Zeit ganz großzügig.

Sie jedenfalls schmeißt den Ball, und wer kommt da plötzlich quer angeschossen, mitten über die Wiese? Ein Kampfradler! Um ein Haar hätte er mich erwischt. Den hatte auch Hilfssheriff, mein menschlicher Hütehund, nicht gesehen.

Normalerweise sieht sie alles. Sie war jahrelang mit dem fast blinden und quasi tauben Pudel Willi von Oma Gertrud unterwegs. Der konnte zwar nicht mehr vernünftig gucken und hören, aber sehr gut schnuppern und laufen. Nur einmal hatte sie ihn kurzzeitig aus den Augen verloren, weil sie mit einer Freundin in ein Gespräch vertieft war. Da war er weg. Hektisch hatte sie nach allen Seiten Ausschau gehalten und ihn schließlich oben auf dem Osterdeich entdeckt. Willi stand da und guckte sich suchend nach Hilfssheriff um. Sie stand unten auf dem Weg und schrie immer: »Willi, Willi!« Aber Willi konnte das gar nicht hören, weil er ja fast taub war. Und sehen konnte er sie auch nicht, er war ja quasi blind. Das war eine dramatische Situation. Oben auf dem Osterdeich, da herrschte starker Autoverkehr. Wenn Willi davon ausging, dass Hilfssheriff schon vor ihm auf dem Weg zu Oma Gertrud war, dann hätte er logischerweise den stark befahrenen Osterdeich überqueren müssen, um sie einzuholen.

Hilfssheriff wetzte also, wie von der Tarantel gestochen, den Deich hoch, um Willi wieder einzufangen. Dabei hat sie Blut und Wasser geschwitzt.

Seit diesem Vorfall ist ihr Gehirn darauf gepolt, jeden Hund, mit dem sie unterwegs ist, früher Willi und jetzt mich, immer, aber auch immer, im Auge zu behalten. Sie ist zum menschlichen Hütehund geworden, sozusagen zum Hütemensch.

Manchmal sucht sie mich, obwohl ich direkt neben ihr laufe und sie mich nur gerade nicht im Blickwinkel hat.

Sie dreht sich dann leicht panisch nach allen Seiten um und fragt: »Carlo?« Ich kenne das schon. Ich blicke in solchen Situationen ganz cool zu ihr hoch und denke: Immer schön locker bleiben, Hilfssheriff, es ist alles im grünen Bereich.

Heimkino

Also, Cineast bin ich nicht. Warum? Hunde interessieren sich nicht für Filme, noch nicht mal für Hundefilme.

Aber Hilfssheriff, die ist eifrige Kinogängerin. Einmal pro Woche besucht sie so ein Lichtspielhaus. Warum erzähle ich das? Weil Hilfssheriff bevorzugte Kinolokalitäten hat, und weil wir da manchmal vorbeirennen. Das Problem (für mich) ist, dass wir dann eben nicht mehr rennen. Kino bedeutet abstoppen. Hilfssheriff muss erst mal ausführlich auf den Plakaten und Fotos gucken, was gerade läuft.

Hilfssheriff bevorzugt das Cinema im Ostertorviertel, die Schauburg im Steintorviertel, das Atlantis in der Böttcherstraße, das City 46 in der Nähe vom Bahnhof und die Gondel in Schwachhausen. Die Gondel ist das einzige Kino, an dem wir beide noch nicht vorbeigerannt sind, weil das zu weit weg ist.

Man muss jetzt nicht denken, dass Hilfssheriffs Vorliebe für diese Kinos besonders originell ist. Nein, diese ganze Generation Bremer oder zumindest alle, die irgendwie mit der 68er-Bewegung oder der Nach-68er-Bewegung oder der Friedensbewegung oder der Anti-AKW-Bewegung, und weiß der Henker, was es da noch alles für Bewegungen gab und gibt, zu tun hatte und hat, latscht vorzugsweise in diese Kinos.

Warum? Weil die da Filme sehen konnten, die andere Kinos nicht gebracht haben, und weil diese Kinos heute auch noch vorwiegend Filme zeigen, die Hilfssheriff und die anderen Polit-Oldies gut finden. Das City 46 ist sowieso nach wie vor ein Programmkino. Da laufen fast nur Filme, die woanders nicht gezeigt werden. Das City 46 gab es in Hilfssheriffs politisch bewegter Jugend aber noch gar nicht. Und die Gondel war einfach nur ein kleines Kino im gutbürgerlichen Stadtteil Schwachhausen und die große Schauburg wäre beinahe dem Kinosterben zum Opfer gefallen.

Zu einem von den Kinos hat Hilfssheriff zudem einen sehr persönlichen Bezug. Über dem Cinema Ostertor hat Hilfssheriff gewohnt. Das Cinema wurde 1969 Deutschlands erstes Programmkino. Es war bundesweit bekannt.

Vorher hieß das Kino seit seiner Gründung 1934 Kammer-Lichtspiele. Dort hat Hilfssheriff als kleines Mädchen den Disney-Trickfilm Bambi gesehen, der sie damals zu Tränen rührte.

Das Cinema hat in den vielen Jahren seines Bestehens immer wieder Bundesfilmprogrammpreise und Kinoprogrammpreise erhalten. Es ist mit seinen nur 134 Sitzplätzen eine kleine Berühmtheit.

Mord und Totschlag

Seine Berühmtheit gesteigert hat das Cinema noch durch das Buch Neue Vahr Süd von Sven Regener. Frank Lehmann ist die Hauptfigur in dem Buch. Und dessen Wohngemeinschaft hat der Autor Sven Regener in den achtziger Jahren im Ostertorviertel angesiedelt und zwar zwei Stockwerke über dem Cinema Ostertor. Das Buch ist 2010 verfilmt worden. Dafür erhielt das Cinema vorübergehend wieder seine Fassade der achtziger Jahre. »Das zu sehen, war ein komisches Gefühl«, erzählt Hilfssheriff. »Es war wie eine Rückkehr in alte Zeiten.«

Hilfssheriffs echte WG am Anfang der siebziger Jahre wohnte direkt über dem Cinema, also unter der Wohnung aus dem Buch Neue Vahr Süd. Sie hatte genau den gleichen Zuschnitt wie die Wohnung in Regeners Buch.

Hilfssheriff bewohnte dort zwei Zimmer. Durch den fensterlosen Raum, der in Regeners Buch eine gewichtige Rolle spielt, musste sie durchmarschieren, um in den anderen mit einem Fenster zum Lichtschacht zu kommen. Das war ihre erste WG mit zwei anderen Mädels. Hilfssheriffs Bett stand direkt über den Lautsprechern des Kinos. Das war hart, zum Beispiel wenn das Cinema noch spät Musikfilme brachte. Hilfssheriff musste damals um sieben Uhr morgens im Nordmende-Werk in Bremen auf der Matte stehen, um das Proletariat von der Notwendigkeit der Weltrevolution zu überzeugen. Mach das mal, wenn du am Abend vorher versucht hast, bei der Beschallung durch Musik aus dem Film Yellow Submarine von den Beatles einzuschlafen. Ich würde mal sagen, unter diesen Umständen war es kein Wunder, dass Hilfssheriffs propagandistische Bemühungen nicht auf fruchtbaren Boden fielen.

Es gab auch noch andere Filme im Cinema. Ingmar Bergmann war damals sehr populär. Eines Abends war Hilfssheriff der festen Überzeugung, im Haus würde gerade eine Frau abgeschlachtet. Durchdringende Schreie gellten durch den Hausflur. In dem Moment klingelte es an der Wohnungstür. Hilfssheriff blieb fast das Herz stehen. Sie dachte, jetzt kommt sie an die Reihe mit dem Abschlachten. Als sie vorsichtig durch die Türgardine lugte, stand da Inge. Mit den Worten »Komm schnell rein, Inge, hier wird gerade jemand abgestochen« zerrte sie Inge in die Wohnung. »Nee«, antwortete Inge, »hier wird niemand abgestochen. Da unten läuft ein Film.«

Ja, so war das. Und weil das nicht immer ganz einfach war, direkt über dem Cinema zu wohnen, verteilte Gert Settje, Mitbegründer des Cinema, an die ganze WG regelmäßig Freikarten für das Kino. Vermutlich ist da der Grundstein für Hilfssheriffs Kinoleidenschaft gelegt worden.

Vom Porno- zum Szenekino

In der Schauburg wurden Pornofilme gezeigt, bevor es Anfang der achtziger Jahre kurz vor der Schließung stand. Heute können in der Schauburg mehr als 350 Cineasten Platz nehmen. Ursprünglich war das Schauburg-Kino viel größer, es hatte fast tausend Sitze. Berühmte Filme liefen dort. Dann kam die

Kinokrise der 60er und 70er Jahre. Die Leute hatten inzwischen fast alle einen Fernseher zuhause. Der große Saal wurde mittels Zwischendecke verkleinert. Der große Saal der Schauburg besteht jetzt nur noch aus dem Oberrang. Die Schauburg gibt es seit 1929. Es ist das älteste noch bestehende Kino in Bremen. Es hieß früher Lichtspielhaus Schauburg und war das erste Filmtheater mit Ton. Das wusste nicht mal Hilfssheriff. Warum eigentlich nicht? 1981 war sie im Ruhrgebiet unterwegs, um der Weltrevolution zum Durchbruch zu verhelfen. Aber selbst wenn sie in Bremen geblieben wäre, hätte sie vermutlich kinotechnisch nicht allzu viel mitbekommen.

»Zum Ins-Kino-gehen hatten wir damals gar keine Zeit. Wir waren unentwegt beschäftigt mit Flugblätter und Zeitung machen, Zeitung verkaufen, Bücherständen und Sitzungen. Außerdem haben wir noch in Firmen gearbeitet oder studiert oder eine Lehre gemacht oder sind zur Schule gegangen«, erzählt sie.

Na jedenfalls ist die Schauburg nicht geschlossen worden. Im Gegenteil, da gab es kreative Köpfe, die dieses schöne große Kino in einen cineastischen Diamanten verwandelten.

Hilfssheriff kann da gerne hinlatschen, so oft sie will. Mich kann sie glücklicherweise nicht mitschleifen. Kinos und Theater sind hundefreie Zonen.

Szenenapplaus

Ich bin froh, wenn wir an der Schauburg vorbei sind. Mir reicht schon, dass Hilfssheriff da immer rumsteht und die aktuell laufenden Filme checkt. Manchmal geht sie sogar mit mir unten rein und nimmt Kurzbeschreibungen von den Filmen mit. Gottseidank ist sie aber noch nie auf die Idee gekommen, sich mit mir vor das Kino zu setzen und dort einen Kaffee zu trinken. Das fehlte mir noch.

1982 hat die Schauburg unter dem Namen Kulturzentrum Schauburg e.V. wieder geöffnet. Ein Film, den sich kein Kino der Stadt traute zu zeigen, der Film Stammheim, brachte den Durchbruch. Er war ein Renner. Seitdem wurden in der Schauburg anspruchsvolle Filme gezeigt, aber auch Übertragungen von großen Werderspielen. Die Schauburg hat bei Premieren und

Sonderveranstaltungen schon viele prominente Filmschaffende zu Gast gehabt. Fatih Akin, Margarete von Trotta, Katja Riemann, Tom Tykwer, Jürgen Vogel und Wim Wenders und viele andere waren schon da. Seit 1990 gibt es im Kino ein weiteres kleines Kino, das Kleine Haus und eine Cafébar.

Von einem französischen Film, den sich Hilfssheriff vor langer Zeit gleich dreimal angeguckt hat, schwärmt sie immer noch. Der hieß Das Leben ist ein langer ruhiger Fluss. Das war die Geschichte der Verwechslung von zwei Säuglingen im Krankenhaus, eigentlich kein neuer Stoff. Aber in dem Film findet später, als das Ganze rauskommt, eine spannende Vermischung zwischen der reichen und der armen Familie der beiden Kinder statt. »Das Ganze endet damit, dass die überaus bemühte Mutter in der reichen Familie komplett durchdreht«, erzählt Hilfssheriff. »Ich habe Tränen gelacht und an den entscheidenden Stellen haben wir alle applaudiert. Szenenapplaus im Kino, das hat was«, findet sie.

Im Feindesland

Die Fußball-Life-Übertragungen im Schauburg-Kino sind legendär. Sehr lebendig ging es zu bei bedeutenden Werder-Spielen, die auf der Großbildleinwand in der Schauburg liefen. »Das Kino kochte«, sagt Hilfssheriff.

Beim DFB-Pokalfinale 1999 war die Hölle los. Werder bezwang seinen Erzfeind Bayern München im Elfmeterschießen. Und das, nachdem Werder nur knapp dem Bundesliga-Abstieg entgangen und Thomas Schaaf gerade erst Trainer geworden war.

Als es nach der regulären Spielzeit eins zu eins stand, war die Spannung kaum noch auszuhalten. Hilfssheriff saß mit ihrer Familie und Luca, einem Freund ihrer Söhne, im Kino. Luca war Bayern-Fan, vermutlich der einzige im ganzen Saal.

In der Verlängerung war den Spielern der Kräfteverschleiß deutlich anzumerken. Marco Bode wurde von Muskelkrämpfen geplagt. Hilfssheriffs Sohn Jan, der neben ihr saß, begann zu singen: »Kämpfe, Bode kämpfe!« »Für die Erlösung sorgte schließlich Torwart Frank Rost«, seufzt Hilfssheriff. Rost traf im Elfmeterschießen beim letzten Schuss und hielt anschließend auch noch den Elfer von Lothar Matthäus. »Nach dem Spiel hat sich Bayern-Fan Luca artig bei uns für die Kino-Einladung bedankt«, erinnert sie sich. Und was antwortete Hilfssheriff mit einem breiten Grinsen im Gesicht? »Luca, das ist wirklich gern geschehen.«

Der Doppelball

Damit hat niemand mehr gerechnet: In Bremen liegt Schnee. Es war um Weihnachten und Silvester rum so muggelig warm wie im Frühling und jetzt haben wir plötzlich Winter.

Hilfssheriff holt mich zum Hundespaziergang an der Weser ab, aber wir müssen erst zu ihr. Sie will sich wärmere Klamotten anziehen.

»Guck' mal«, sagt sie zu mir in ihrer Wohnung, »ein Tannenbaum.« Da steht tatsächlich ein großer Tannenbaum im Wohnzimmer. Der hängt dermaßen voll mit dem verrücktesten Tannenbaumschmuck und Lichterketten und Lametta, dass man ihn kaum noch sieht. Aber das ist mir wurscht. Ich wittere etwas ganz anderes. Es liegt B A L L-Geruch in der Luft.

Hilfssheriff guckt mir verwundert dabei zu, wie ich den Baum nur mit einem Seitenblick streife und stattdessen intensiv in allen Ecken herumschnüffle. Ich bin ja nicht das erste Mal bei ihr zuhause, aber so hat sie mich dort noch nicht erlebt. Und dann habe ich endlich eine Peilung.

Es strömt B A L L-Geruch aus dem Bücherregal. Ich stoße also mit meiner Schnauze tief in das Regal, wedele mit dem Schwanz und fange sogar an zu winseln.

Da checkt Hilfssheriff endlich, worüber ich mich so aufrege. Sie zieht einen Doppelball aus dem Wohnzimmerschrank, zwei Tennisbälle, die mit Klebeband zusammengewickelt sind. Den hätte ich jetzt gerne.

Aber nein, das geht nicht. Die beiden Bälle hat Hilfssheriffs Sohn Nils zusammengebastelt. »Das ist gar kein Ball, Carlo«, erklärt Hilfssheriff, »das ist ein medizinisches Hilfsmittel.« Ein medizinisches Hilfsmittel, dass ich nicht lache. Das riecht wie ein B A L L, also ist das auch ein B A L L. Da kann sie mir ruhig erzählen, dass sie sich da manchmal drauflegt, um den Rücken zu entspannen. Auch als sie das »medizinische Hilfsmittel« nach draußen in den

Hof verbannt, kriege ich den Gedanken an diesen schönen B A L L mit dem ich jetzt meinen Spaß haben könnte, nicht aus dem Kopf.

Also beeilt sie sich, damit wir schnell an die Weser kommen, in der Hoffnung, dass meine Birne wieder B A L L-frei wird, wenn ich da andere Hunde treffe.

Ding, dong, bong

Jetzt wird es laut. Jetzt fangen die Glocken an zu läuten. Erst läuten die Glocken der Kirche St. Johann im Schnoor. Die hören sich noch sehr zart an. St. Johann hat nur einen Dachreiter und keinen wuchtigen Turm und nicht solche Riesenglocken. Dann hört man die Glocken der Liebfrauenkirche. Die sind schon sehr beeindruckend. Aber wenn die mächtigen Glocken des Bremer Doms einsetzen, dann müssen die Menschen jedes Gespräch unterbrechen.

»Ich kannte den Klang der Domglocken schon als Kind«, sagt Hilfssheriff. Das Läuten der Domglocken hört man kilometerweit, in vielen Teilen der Stadt. Aber auch später haben die Domglocken immer wieder eine Rolle gespielt in Hilfssheriffs Leben.

Vor allem bei den vielen politischen Kundgebungen auf dem Marktplatz, denen Hilfssheriff beigewohnt hat, waren die Domglocken sehr präsent. In Bremen gibt es keine Bannmeile. Kundgebungen und Demonstrationen finden direkt vor dem Rathaus und dem Bürgerschaftsgebäude statt und damit auch beim Bremer Dom. Die Domglocken veranlassen die jeweiligen Sprecher grundsätzlich dazu, ihre Rede zu unterbrechen. »Ich kann nicht behaupten, dass mir das jemals ungelegen gekommen ist«, sagt Hilfssheriff lachend. »Viele Redner sprechen trocken und langweilig und wiederholen das, was mehrere andere vorher auch schon gesagt haben.«

Hilfssheriff hat angenommen, dass die Domglocken zu laut sind für meine sensiblen Hundeohren. Das stimmt aber nicht. Ich kann zwar Frequenzen hören, die Menschen nicht wahrnehmen können, ich kann aber auch selektiv hören.

Wenn mir die Domglocken auf den Keks gehen, kann ich sie wegschalten und bekomme trotzdem sehr genau mit, wenn Hilfssheriff irgendwas von einem Leckerli erzählt.

Böttcherstraße

Am Atlantis-Kino vorbeizuschlendern, das ist für mich ein großes Ärgernis. Nicht nur, weil Hilfssheriff als Kino-Freak an sämtlichen Kino-Schaukästen hängen bleibt. Das Atlantis-Kino liegt im Haus Atlantis in der Böttcherstraße. Und in der Böttcherstraße lässt Hilfssheriff mich nirgendwo das Bein heben, obwohl es eine steinerne nicht überdachte Straße ist.

»Die Böttcherstraße ist ein Gesamtkunstwerk, da wird nicht reingepinkelt«, sagt sie. Aber nicht nur das. In der Böttcherstraße bleibt Hilfssheriff unentwegt stehen, weil es so viel zu gucken gibt. Und weil wir in der Böttcherstraße eigentlich immer in Begleitung sind, erzählt sie ganz viel. Das kann ich alles schon rauf- und runterbeten. Die Böttcherstraße gehört in der Regel zu unserem Spaziergang-Repertoire, wenn Hilfssheriff Besuch von außerhalb hat.

Ursprünglich hieß die Böttcherstraße Hellinchstraat (Hellingstraße). Vermutlich gab es hier im Mittelalter einen Schiffbaubetrieb. Später kamen die Bottichmacher, die Fassmacher. Sie verdienten so gut, dass sie sich stattliche Bürgerhäuser errichten konnten. Dann wurde im 19. Jahrhundert der Hafen verlegt, weshalb die Böttcher wieder gingen. Danach verfiel die Böttcherstraße.

Bis Ludwig Roselius, Kaufmann und Erfinder des koffeinfreien Kaffee Hag und Kunstliebhaber, sich der Straße annahm. 1902 kaufte Ludwig Roselius das Haus Nr. 6, das nach ihm benannt ist. Stück für Stück kaufte er die ganze Straße. Alle Häuser, abgesehen von der Nr. 6, einem alten Packhaus, ließ er abreißen und stattdessen die ganze Straße von 1924 bis 1931 von Architekten und dem Bildhauer Bernhard Hoetger künstlerisch umgestalten.

Fast wäre die Straße während des Nationalsozialismus zerstört worden, und das, obwohl Roselius Förderer und Symphatisant der Nationalsozialisten war.

Für Hitler war die Böttcherstraße »Entartete Kunst«. Auch der Hinweis auf das goldbronzierte Eingangsrelief von Bernhard Höttger half nicht. Das Relief »Der Lichtbringer«, auf dem der Kampf zwischen Erzengel Michael und dem Höllendrachen dargestellt ist, interpretiert als Hitlers Kampf gegen das »Untermenschentum«? Vielleicht hatte Hoettger das wirklich so gemeint, wer weiß das? Auf jeden Fall konnten die Nazis mit dieser Interpretation auch nicht von ihrer vernichtenden Meinung über die Böttcherstraße abgebracht werden.

Sie ließen die Straße aber doch nicht abreißen. Sie galt fortan als »Mahnmal für entartete Kunst«. Die Zerstörung erledigte dann der Bombenkrieg. Nach dem Krieg ist die Böttcherstraße als begehbares Kunstwerk fast unverändert wieder aufgebaut worden.

Geduldsprobe

Wie lange hängen wir hier jetzt schon rum? Seit gefühlten tausend Stunden, um es mit Hilfssheriffs beknackter Redewendung auszudrücken. Ich gucke Hilfssheriff und Marianne dabei zu, wie sie die Steinsetzungen, die geschwungenen Türgriffe, die Figuren, die Treppenaufgänge, die Brunnen und Vorsprünge in der Böttcherstraße anstaunen. »Hier haben sich Architekten und Künstler so richtig kreativ ausgetobt«, freuen sie sich. Ehrlich gesagt, würde ich mich jetzt auch gern mal so richtig austoben.

Immerhin läuft das Glockenspiel gerade nicht. Im Haus des Glockenspiels hängen 30 Meißner Porzellanglocken zwischen den beiden Hausgiebeln in einem geschmiedeten Rankenwerk. Sie erklingen mehrere Male am Tag. Zu hören sind dann zehn verschiedene Lieder. Zehn Lieder, das zieht sich endlos. Parallel dazu dreht sich im benachbarten Turm ein geschnitzter zehnteiliger Farbtafelzyklus der Ozeanbezwinger von Bernhard Hoettger mit bedeutenden Seefahrern und Pionieren der Luftfahrt. Das bleibt mir heute erspart.

Stattdessen führt Hilfssheriff Marianne in einen Innenhof des Paula-Becker-Modersohn-Hauses und zeigt ihr eine bronzene Tafel. Dort steht, dass am 16. Juli 1991 bei Erdarbeiten im Keller des Hauses ein Beinknochen des Esels Graukopf gefunden wurde. Das, zusammen mit einem ebenfalls freigelegten Dokument mit den Symbolen der Tiere, sei ein Beweis, dass die Stadtmusikanten doch bis nach Bremen gekommen sind. Scheint ein tiefer Wunsch der Bremer zu sein, dass die Stadtmusikanten es tatsächlich bis hierher geschafft haben.

Jetzt marschieren wir endlich aus der Straße raus, die Treppe runter und durch die Unterführung an die Weser. Noch ein Stück links und ohne weiteren Zwischenstopp zu den Weserwiesen.

»Und nun«, Hilfssheriff krault mir den Kopf, »machen wir mit Carlo, zum Ausgleich dafür, dass er so lange warten musste, einen Spaziergang bis zum Weserstadion.«

Na, das ist doch mal eine Ansage.

Entfremdung

»Vor ein paar Wochen stand ich morgens vor dem Spiegel und mein Gesicht kam mir ganz fremd und merkwürdig vor«, erzählt Hilfssheriff ihrer Freundin Rita. Das ist eine äußerst beängstigende Aussage, finde ich. Aber sie lacht dabei. Die beiden sitzen grinsend in der Frühlingssonne auf einer Bank und gucken mir dabei zu, wie ich am Weserstrand beim Kanuverein mit anderen Hunden herumtobe.

Ich bin darauf angewiesen, dass mein Begleitpersonal seelisch und körperlich in einem einwandfreien Zustand ist. Deshalb finde ich Hilfssheriffs nächste Aussage »Meine Augen sahen plötzlich so eingefallen aus« im höchsten Maße besorgniserregend. Wenn Hilfssheriff schlapp macht, kann sie nicht mehr mit mir auf Tour gehen, zumindest nicht mehr so lange Gänge machen wie jetzt.

Aber auch Hilfssheriff schien sich beim Anblick ihrer Augen im Spiegel Sorgen gemacht zu haben. »Ich habe ernsthaft mit dem Gedanken gespielt, meine Ärztin beim nächsten Termin zu fragen, ob mit meinen Augen alles in Ordnung ist«, fährt sie fort und will sich darüber schier ausschütten vor Lachen. »Dann habe ich das Phänomen erst mal selbst beobachtet und mir jeden Tag meine Augen ganz genau im Spiegel angeguckt. Irgendwann dämmerte mir, dass sich meine ehemals glatte Haut um die Augen einfach nur gefaltet hatte.« »Das kenn' ich«, bestätigt Rita.

Na, da hab' ich ja noch mal Schwein gehabt. Hilfssheriff hat, wie diese ganze Meute von 68ern und Nach-68ern einfach nur Probleme zu kapieren, dass sie älter wird. Altern ist ein ganz normaler Prozess, sollte man meinen. Denen scheint das aber nicht klar zu sein. Sie kriegen das Altern nur schubweise mit und sind dann jedes Mal total schockiert.

Pauls Kloster

Ist er da, oder ist er nicht da? Wir biegen vom O-Weg, so nennen die Viertel-
bewohner den Ostertorsteinweg, in die Mittelstraße ein. Am Ende der Straße
links, das Eckhaus, das ist die Kneipe Pauls Kloster. Der Wirt heißt Wolfgang
Biller, das ist der Mann mit den Hunde-Leckerlis. Ein überaus angenehmer
Mensch.

Die Kneipe ist nach dem Kloster benannt, das hier früher mal stand,
genauso wie die Straße, an der sie liegt, die Straße Beim Paulskloster. Wolfgang Biller hat die Kneipe Ende der siebziger Jahre übernommen.

Das Pauls Kloster war Hilfssheriffs Stammkneipe in ihrer Jugend. Da hat
sie sich mit Freunden getroffen um Sauren Paul zu trinken, einen Kultlikör
aus den siebzigern mit Zitronengeschmack.

Die Kneipe besteht seit dem 19. Jahrhundert. Sie ist klein, schlauchförmig,
mit dunklem Holz getäfelt und hat bleiverglaste Scheiben. Wandmalereien
mit historischen Kneipenszenen zieren eine Wand und die Decke.

Im Pauls Kloster gibt es keine Hintergrundmusik, ganz selten mal leise
Radiomusik. Es gibt auch keinen Schnickschnack zu trinken. Wenn jemand,
der den Laden noch nicht kennt, nach Sangria, Aperol Spritz oder Hugo
fragt, antwortet Wolfgang »Haben wir nicht«. Das Pauls Kloster ist die Stammkneipe vieler Nachbarn, die schon lange im Viertel wohnen und nicht mehr
ganz jung aussehen. Wolfgang selbst ist auch schon lange im Rentenalter, allerdings sieht man ihm das nicht an. Er ist ein drahtiger Typ, der selbst so gut
wie gar keinen Alkohol trinkt. Und man kann im Pauls Kloster Leute treffen,
die am Bremer Theater am Goetheplatz arbeiten. Das liegt ja gleich um die
Ecke. Wolfgang ist ein großer Fan des Theaters. Außerdem sind Hunde im
Pauls Kloster herzlich willkommen.

In Hilfssheriffs Jugend stand eine Musikbox in dem Laden, gleich
rechts neben der Eingangstür. »Zu dem Sortiment der Musikbox gehörte
die berühmte Scheibe ›Sittin' on the dock of the Bay‹ von Otis Redding«,
erzählt sie. »Außerdem konnte man in der Musikbox auch ›Der Osten ist Rot‹
anwählen, das Loblied auf Mao, fast so etwas wie die chinesische National-
hymne.« »Der Osten ist rot, Mao geht vorn«, sowas entsprach ja damals Hilfssheriffs Geschmack. Sie hat die beiden Platten immer gedrückt, immer beide

nacheinander. Irgendwann hat Detlef, der damalige Wirt, die beiden Singles aus der Musikbox verbannt.

»Ich kann den Scheiß' nicht mehr hören«, hat er Hilfssheriff mitgeteilt. Und dabei blieb es.

Das Kloster

Wie sah das hier früher mal aus, außerhalb der Bremer Stadtmauer? Hilfssheriff und ihre Freundin Andrea versuchen sich das vorzustellen. Man kann förmlich sehen, wie ihr Gehirn arbeitet.

»Hier gab es eine hohe Weserdüne, den Paulsberg. Darauf stand das Paulskloster, das war vor etwa 800 Jahren«, erzählt Hilfssheriff.

Aha, Hilfssheriff hat wieder zuhause in ihrer Bremensien-Sammlung herumgeschnüffelt. Wenn sie das macht, verspürt sie immer das starke Bedürfnis, ihre neuen Erkenntnisse weiterzugeben.

»Im Paulskloster lebten fromme Benediktinermönche. Das Kloster war berühmt und reich und fast 500 Jahre lang der Mittelpunkt der Paulsstadt«, fährt sie fort. Andrea findet das interessant. Sie wohnt gleich hier um die Ecke, vielleicht genau dort, wo mal die Düne mit dem Kloster lag.

Die Sache mit dem Kloster ist mir wurscht. Eine Düne an dieser Stelle fände ich aber ziemlich famos. Da könnte ich stundenlang meinen B A L L runterrollen lassen und wieder einfangen. Aber hier ist weit und breit keine Düne zu sehen. Wo ist die denn abgeblieben? Das möchte ich jetzt gerne wissen.

»Rund um das Kloster herum lebten Handwerker aller Art, Höker und Tagelöhner. Die arbeiteten für das Kloster. Von der Straße nach Verden und Hamburg, das ist heute der Ostertorsteinweg, führte ein Weg den Berg hinauf vor das Klostertor. Die Benediktiner bewirtschafteten das umliegende Klosterland, auch Weideflächen in der Pauliner Marsch. Auf einer Nachbardüne im Nordosten soll die Klostermühle gestanden haben.«

»Sogar die Landschaft war hier früher ganz anders«, wundert sich Andrea. »Es gab auch noch einen Fluss, den Dobben, da wo jetzt die Straßen Sielwall und Dobben liegen. Das war die Ostgrenze der Paulsstadt und später der östlichen Vorstadt.«

Das mag ja alles sein, aber was ist mit den Dünen passiert? Jetzt sind es sogar schon zwei, die weg sind. Die können sich ja nicht in Luft aufgelöst haben.

Der Machtkampf

»Das Kloster soll im 16. Jahrhundert von den Bremern dem Erdboden gleich gemacht worden sein«, erzählt Hilfssheriff. »Die Städter sollen sich mit Äxten, Hämmern und anderen Gerätschaften auf den Weg zum Kloster gemacht haben.«

Warum? Das fragt sich nicht nur Andrea, das frage ich mich auch. Warum haben die das Kloster plattgemacht?

»Das hatte wohl verschiedene Gründe«, sagt Hilfssheriff. »Zwischen Bremen und den Klosterbrüdern gab es Streit um die Weiderechte. Außerdem hatte die Reformation stattgefunden. Die Bremer entschieden sich für einen gemäßigten Calvinismus. Die Kaufleute wollten Gewinne machen, ohne dass ihnen dafür mit der Hölle gedroht wurde. Das soll zu Konflikten mit den frommen Benediktinern geführt haben.« »Das ist aber doch noch lange kein Grund, das gesamte Kloster niederzureißen«, findet Andrea. »Zur Eskalation soll es gekommen sein, als das Gerücht umging, auf dem Paulsberg würden sich die Ritter der Gegenreformation festsetzen, um die Stadt zu beschießen. Allerdings ist das nicht bewiesen«, sagt Hilfssheriff.

Also haben die Bremer das Kloster zerstört. Aber die Dünen waren ja danach trotzdem noch da. Warum gibt es die heute nicht mehr?

Jetzt erzählt Hilfssheriff es endlich: »Die Dünen sind später abgetragen worden. Die Bremer Bürger wollten verhindern, dass Feinde von den Dünen aus eine gute Ausgangsposition für Angriffe auf die Stadt hatten. Das sagen zumindest Historiker.«

Oha, ganz schön rabiat, diese Bremer, erst das Kloster, dann auch noch die Dünen.

»Nach dem Abriss des Klosters gab es hier nur noch ein paar einzelne Gebäude. Erst ab etwa 1830 ist die Stadt nach und nach in Richtung Osten gewachsen«, berichtet Hilfssheriff.

An den weißen Wachhäusern mit den dicken Säulen, die um 1830 erbaut wurden, laufen wir häufig vorbei. Früher markierten sie den Übergang in die Stadt. Heute ist das eine das Gerhard-Marcks-Haus, ein Bildhauermuseum und das andere gegenüber das Wilhelm-Wagenfeld-Haus, ein Design-Museum. Hinter den sich gegenüberstehenden Häusern liegen auf beiden Straßenseiten die Wallanlagen, unser bevorzugtes Terrain, wenn es im Sommer heiß ist.

Klötenkekse

Falsche Richtung. Statt an der Weser landen wir in den Wallanlagen und in der Bischofsnadel-Fußgängerunterführung. Am Schüsselkorb steigen wir sogar in den Bus. Wie hundefeindlich ist das denn?

Ausstieg in Findorff. Was liegt an? Will Hilfssheriff mich auf den Findorffer Wochenmarkt schleppen? Was soll ich auf einem Wochenmarkt? Ich hasse es, die tollsten Gerüche in die Nase zu bekommen und nichts von all dem fressen zu dürfen. Ich hasse Pinkelverbot und lahmes Geschlurfe an der kurzen Leine.

Außerdem müsste ich mir auf dem Findorffer Wochenmarkt das Gesabbel von Hilfssheriff und den Leuten anhören, die sie garantiert auch hier wieder trifft. Bremen ist ein großes Dorf. Es ist eigentlich egal, wo wir rumrennen, Hilfssheriff trifft garantiert jemanden, den sie kennt. Und dann die unbeholfenen Begrüßungsrituale dieser eigenartigen Menschen. Diese verkrampfte In-den-Arm-Nehmerei und Küsschengeberei, bei der sie sich jedes Mal einen abbrechen. Gott nee, das ist alles zum Weglaufen. Was ist denn heute für ein Tag? Samstag, eigentlich ein Tag für ausgedehnte Spaziergänge.

»Carlo, wir treffen dahinten nah beim Findorffmarkt Marianne, und später machen wir mit ihr einen langen Gang am Torfkanal entlang«, verspricht Hilfssheriff. Puh, dieser Kelch ist an mir vorüber gegangen, das hört sich gut an.

Also schlurfen wir los. Wir umkreisen den Markt. Natürlich schielt Hilfssheriff zwischendurch rüber zu den Ständen. Der Findorffmarkt ist der größte

Bremer Wochenmarkt. Da gibt es fast alles, nicht nur Obst, Gemüse, Käse, Brot, Kuchen, Fleisch und Auflage, Blumen, Eingelegtes, Essige und Öle. Es gibt auch Kerzen, Handtücher, Anziehsachen für Groß und Klein und Messer. Unterwegs begegnen wir einen Mops im Mantel und einen Dackel mit Rollkragenpulli. Gott ja, da fehlen nur noch die warmen Winterstiefel und ein Wollmützchen. Aber vermutlich brauchen die wirklich Anziehsachen, weil sie sonst frieren.

Als wir Marianne treffen schießt Hilfssheriff mal eben los, einmal kurz über den Markt. Marianne hat sich schon alles angeguckt. Sie hat Beute gemacht in Form von einem auf dem Markt frisch gebackenen Brot, das wunderbar duftet. Ich muss jetzt bei ihr ausharren. Aber das geht in Ordnung, Marianne kenne ich ja schon. Natürlich kommt Hilfssheriff auch nicht ohne Beute wieder zurück. Bei Messer-Peter hat sie mal eben ein Haushaltsschneidemesser für 37,50 Euro gekauft. Bin gespannt, wie sie das zuhause erklärt. Auch wenn die geschätzten 100 Messer für alle erdenklichen Anwendungsmöglichkeiten in Hilfssheriffs Haushalt mit diesem hier vermutlich alle nicht mithalten können.

Schlussendlich entdecken wir noch einen Stand am Rand des Wochenmarktes, der auch mein Herz höher schlagen lässt. »Ronja's Lieblingsleckerlis – Nur das Beste für den Hund«, steht auf einem Schild. Die Auslage ist bestückt mit Schüsseln, die Hundeleckerlis in allen Variationen enthalten. Es gibt Klötenkekse, Popcorn mit Leberwurst, Hundekuchen mit Mett halb und halb und mit Scholle, Erdbeerteddys, Leckerlis mit diversen Gemüsesorten. Ein Paradies.

Frau Wopat, die Chefin an diesem Stand, erzählt, dass sie all die Köstlichkeiten selbst herstellt. Das Fleisch holt sie vom Schlachthof, das Gemüse auf dem Markt. »Farbstoffe und Zucker sind da nicht drin«, erklärt sie, »und an Mehl benutze ich nur Dinkelmehl.« »Und Ihr Vorname ist Ronja?«, fragt Hilfssheriff. »Nee, Ronja heißt meine Hündin«, antwortet Frau Wopat lachend, »ein Golden Retriever.«

Der überaus beglückende Ausgang des Findorffmarktbesuchs: Hilfssheriff kauft eine Tüte Klötenchips, von denen ich drei Stück gleich vor Ort vernichte. Und dann geht's weiter zum Torfkanal.

Wall und Ball

»Puh, ist das heiß heute, über 30 Grad«, stöhnt Hilfssheriff. Sie sieht schon ausgelaugt aus, bevor wir überhaupt losgehen. Wir schleichen durch die heißen Nebenstraßen in den kühlen Schatten der Wallanlagen. Auf der Wiese gegenüber der Kunsthalle unter hohen alten Bäumen treffen wir Britta.

»Hallo Carlo«, begrüßt sie mich. Ah ja, okay, hallo, einmal Schwanzwedeln, einmal streicheln lassen, aber jetzt kann das mal losgehen hier mit ein bisschen mehr Aktivität.

Nein, die beiden Damen möchten gerne sitzen. Direkt unten am Wasser des Wallgrabens finden sie einen schattigen kühlen Platz auf einer Bank. Und dort kommt auch endlich der B A L L zum Einsatz. Hilfssheriff und Britta schießen ihn abwechselnd den Weg entlang. Ein Junge, der mit seiner Mutter auf der Nachbarbank sitzt, guckt eine Weile zu. Dann übernimmt er den Ball. Der Knirps hat erheblich mehr Energie als mein schwächelndes Begleitpersonal. Ihm geht's wie mir: Er kann gar nicht genug vom B A L L kriegen.

Der Weg ist schmal, der Wallgraben ist nah und es passiert, was passieren muss. Der Ball rollt in den Wallgraben. Auch wenn ich mich mit den Vorderpfoten auf den äußersten Rand des Ufers lehne, den Hintern in die Höhe und meine Schnauze nach dem B A L L strecke, ich komme nicht ran. Der kleine Junge versucht es mit einem Stock, aber seine Arme sind zu kurz.

Britta erweist sich als Retterin in der Not. Sie angelt mir mein Spielgerät mit einem Stock wieder raus. Sehr nett von ihr, sie kann gerne wieder mitkommen.

Die Wallanlagen sind unsere Zuflucht, wenn es heiß ist. Nicht nur unsere, wie man sieht. Überall sitzen Leute auf den Bänken oder auf den Wiesen im Schatten. Vom Anzug- bis zum Shortsträger ist hier alles unterwegs, Bremer und Touristen.

Früher war das mal eine in Zickzackform angelegte Befestigungsanlage mit Wassergräben und Wällen zum Schutz der Stadt. Landschaftsgärtner verwandelten sie zu Beginn des 19. Jahrhunderts in einen großen Park.

Eine sehr gute Idee, dieser Park. Auf die Osterdeichwiesen knallt an solchen heißen Tagen erbarmungslos die Sonne. Schatten gibt es da nicht.

Stadtstaaten-Plausch

Die Sache mit dem Ballspiel hat sich jetzt aber auch erledigt. Eine Dame mit einem kleinen Terrier setzt sich zu Hilfssheriff und Britta auf die Bank. Wenn andere Hunde auftauchen, »tauscht« Hilfssheriff so schnell wie möglich mit mir.

»Tauschen« nennt sie das. Sie nimmt mir den Ball weg und schiebt mir als Ersatz Leckerlis zu. Warum? Ich kann es nicht leiden, wenn ein anderer Hund meinem Ball zu nahe kommt. Dann knurre ich und fletsche die Zähne. Eigenartigerweise findet Hilfssheriff das nicht gut.

Egal, der Ball ist in Hilfssheriffs Tasche, aber immerhin ist ein Hund hier, mit dem ich mich beschäftigen kann. Die Frauen auf der Bank fangen an, sich zu unterhalten. Die Terrierdame und ihr Sheriff entpuppen sich als Bremerhavener.

Was hat die Bremerhavenerin in die Wallanlagen geführt? Das möchte mein neugieriger Hilfssheriff jetzt natürlich wissen. Die Dame erzählt, dass sie nach Osterholz-Scharmbeck musste und von dort dann direkt hierher gefahren ist. Warum? »Ich finde das so schön hier und wollte hier mit meinem Hund spazieren gehen«, sagt die Bremerhavenerin. Das geht Hilfssheriff, der eingefleischten Lokalpatriotin, natürlich runter wie Öl. »Sie kommen extra nach Bremen, um in den Wallanlagen spazieren zu gehen?«, wundert sie sich.

Aber Hilfssheriff hat auch etwas Außergewöhnliches zu berichten: »Ich habe gerade einen Kurzurlaub mit einer Freundin in Bremerhaven gemacht, fünf Tage lang.« Das bringt wiederum die Bremerhavenerin in großes Erstaunen. Welcher Bremer macht so was? Bremerhaven kann man in einer knappen Stunde per Auto oder Zug erreichen.

Aber für Hilfssheriff war das schon der zweite Kurzurlaub in der Seestadt. »Beim ersten Mal haben wir ›Hansis Ferrarikneipe zum kleinen Falken Merlin‹ in Bremerhaven-Lehe entdeckt«, erzählt sie. »Die kenne ich noch gar nicht, obwohl ich in Bremerhaven wohne«, wundert sich die Frau. »In der Kneipe ist alles rot und voller Ferrari-Devotionalien. Hansi ist Berliner und der Liebe wegen nach Bremerhaven gekommen. Er will gar nicht wieder weg. Er hat vor vielen Jahren, auf Anraten seiner Freunde, seinen Ferrari-Spleen zum Beruf gemacht«, erzählt Hilfssheriff.

Natur, Kunst und Kitsch

Die Dame aus Bremerhaven und Hilfssheriff mit Britta, die beiden Viertel-
pflanzen, kommen auf ihrer Bank am Wallgraben aus dem Schnacken gar
nicht wieder raus. Hilfssheriff erzählt von ihrem zweiten Kurzurlaub, da ist
sie per Rad durch das Bremerhavener Umland gefahren. »Bremerhaven hat
eine schöne Umgebung. So viele kleine Wälder, Alleen, Seen, wir haben jeden
Tag gebadet«, schwärmt sie. »An einem heißen Tag sind wir durch den Hafen
gefahren, auf dem Radweg neben großen Containerlastern. Schließlich sind
wir in Weddewarden gelandet, dem kleinen alten Dorf gleich neben dem
riesigen Containerterminal. Da hatten wir das Gefühl, aus der Zeit gefallen zu
sein, da sah es aus wie vor 50 Jahren.«

Hilfssheriff kriegt sich gar nicht wieder ein. Sie erzählt vom Baden im
Meer in Cuxhaven-Döse und von Thieles Garten in Bremerhaven-Leher-
heide. »Der ist ja zauberhaft mit den vielen Wasserspielen und den skurrilen
Figuren«, flötet sie. »Da waren sie auch?«, staunt die Bremerhavener Dame.
»Da kommen die meisten Touristen gar nicht hin.«

Thieles Garten ist der ehemalige Garten eines Künstlertrios, voller Skulp-
turen. In dem verschlungenen Grün plätschern kleine und große Brunnen
und Wasserfälle vor sich hin.

Die meisten Bremer kennen den nicht. Die meisten Bremer kennen
Bremerhaven sowieso kaum, obwohl Bremerhaven ein wichtiger Teil ihres
Bundeslandes ist mit seinen großen Häfen. Bremerhaven ist für die meisten
Stadtbremer quasi Ausland, bis auf einige bekannte Touristenattraktionen wie
Zoo am Meer, Schifffahrtsmuseum, Auswandererhaus und Klimahaus. Und
dass es im Fischereihafen leckeren Fisch gibt, wissen sie natürlich auch.

Stimmungswechsel

Der Terrier der Dame aus Bremerhaven, die extra wegen der Wallanlagen
nach Bremen fährt, ist so winzig, dass er zu Recht Angst vor fast jedem
anderen Hund hat. Hilfssheriff beruhigt die Frau: »Dann ist er bei Carlo
genau richtig. Vor dem braucht er keine Angst zu haben, der ist total freundlich.« Das sollte sich jedoch als Irrtum erweisen.

Zuerst ist es wirklich nett mit diesem Zwerg. Aber dann wittere ich etwas Leckeres im Gebüsch. Ich sitze einen Moment neben der Bank und schnüffle etwas, das für Menschennasen nicht riechbar ist und mit allergrößter Wahrscheinlichkeit auch nicht lecker. Also tue ich so, als sei ich jetzt doch ein wenig schlapp und krieche unter die Bank. In einem unbeobachteten Moment krabble ich weiter ins Gebüsch. Hilfssheriff kriegt das mit, heizt hinter mir her durchs Gesträuch und zerrt mich von meiner köstlichen Leckerei weg.

Sie schimpft und ich muss mich neben die Bank setzen. Und dann kommt auch schon wieder dieser Zwerg angeködelt. Der denkt ja, ich bin ein netter Hund. Aber jetzt nicht mehr, jetzt ist es vorbei mit meiner Freundlichkeit.

A: Ich muss meine Beute im Gebüsch verteidigen

B: Mit ihrer Aktion hat mir Hilfssheriff alles versaut

C: Kein Grund also hier noch weiterhin gute Stimmung zu verbreiten.

Ich schnappe nach dem Zwerg, allerdings nur in die Luft, ich will ihn ja nicht auffressen.

Britta und Hilfssheriff sind ziemlich perplex, so kennen sie mich gar nicht. Tja, da könnt ihr mal sehen, auch ein Hund hat verschiedene Facetten in seiner Persönlichkeit.

Die Dame aus Bremerhaven bleibt aber ganz gelassen. Es ist ohnehin Zeit aufzubrechen. Wir sind alle völlig ermattet.

B A L L-Verweigerung

Hilfssheriff verweigert mir häufig den B A L L. Sie hat ihn in ihrer Tasche, holt ihn aber nicht raus. Oder noch schlimmer, sie nimmt mir den B A L L wieder weg. Das ist nicht einfach. Freiwillig gebe ich den natürlich nicht her. Und auf die Leckerli-Nummer falle ich schon lange nicht mehr herein.

Sie hält mir ein Leckerli direkt vor die Nase, in der Hoffnung, dass ich den B A L L ablege, um nach dem Leckerli zu schnappen. In der Zeit, so glaubt sie, kann sie sich den Ball greifen. Aber ich renne mit dem B A L L im Maul um sie herum und lasse sie nicht einen Zentimeter zu nah rankommen. Da kann sie noch so viel rumsäuseln: »Guck mal Carlo, wir tauschen, du kriegst das Leckerli, ich den Ball.« Wenn sie allerdings Schmatzgeräusche macht und andeutet, dass sie das Leckerli selbst auffisst, dann bin ich kurz davor einzuknicken.

Irgendwie schafft sie es letztendlich doch, dass ich den B A L L abgebe. Weil sie weiß, wie schwer mir das fällt, kriege ich zur Belohnung immer zwei Leckerlis, eines als Tausch gegen den B A L L und eines, wenn sie zu meiner großen Enttäuschung den B A L L dann endgültig in die Tasche schiebt.

Der Anlass dafür, dass ich B A L L-frei durch die Gegend laufen soll, ist immer das Auftauchen von anderen Hunden. Ich kann, wie bereits erwähnt, sehr zickig werden, wenn ich vermute, dass sich ein anderer Hund für meinen B A L L interessiert.

»Das«, findet Hilfsheriff, »wäre auch nicht weiter schlimm, wenn Carlo diese Zickigkeit nicht auch gegenüber Hunden an den Tag legen würde, die drei Mal so groß sind wie er.« Also macht sie sich eigentlich Sorgen um meine körperliche Unversehrtheit, was ja wiederum ziemlich rührend ist.

Trotzdem muss sie in solchen Situationen nicht so einen verschwurbelten Mist daherreden. »So, Carlo«, pflegt sie zu sagen, »jetzt übst du mal ein bisschen dein Sozialverhalten gegenüber anderen Hunden.«

Hör mal, geht's noch. »Carlo, jetzt kümmerst du dich mal um die anderen Hunde und nicht um den B A L L« würde auch reichen.

Verständigung

Verständigung ist der Grundpfeiler des Zusammenlebens. Das gilt für Hunde. Das gilt für Menschen. Und in dem Jahrtausende währenden Zusammenleben von Menschen und Hunden ist Verständigung sowieso das A und O.

Auch Hilfssheriff und ich sind ziemlich gut aufeinander eingespielt. Sie lobt mich dauernd, zum Beispiel, wenn ich am Bordstein stehen bleibe und nicht auf die Straße renne. »Super gemacht«, sagt sie dann, »du bist ein richtig toller Hund.« Das geht mir natürlich runter wie Öl. Welcher Hund hört so etwas nicht gerne?

Hilfssheriff erklärt mir auch alles. Wenn sie mich an die Leine nimmt, sagt sie zum Beispiel: »So Schnuffelhund, jetzt kommt eine große gefährliche Straße, du musst an die Leine.«

Ist das nicht rührend? Das Irrsinnige ist, dass sie denkt, dass ich das eigentlich gar nicht verstehe und es trotzdem macht. Sie ist jedes Mal leicht irritiert, wenn ich sie nach solchen Erklärungen verständnisvoll angucke.

Aber umgekehrt scheint es genauso zu sein. Sie versteht auch alles, was ich mache, obwohl ich ja noch nicht mal belle oder jaule.

Wenn ich zum Beispiel auf den Weserwiesen komplett im Jagd- und Spielmodus bin. Dann habe ich null Bock zu ihr zu kommen, wenn sie ruft. Ich weiß aber, dass ich immer kommen muss, wenn sie mich ruft. Deshalb wende ich in solchen Situationen eine Verzögerungstaktik an.

Ich schlendere nach links und schnüffle wie wild herum, als wäre unter der Wiese etwas Sensationelles verborgen, ich schlendere nach rechts und wiederhole das Manöver. Ich gehe ein paar Schritte in Hilfssheriffs Richtung. Dann veranstalte ich diesen Zirkus nochmal von vorn. Dabei beobachte ich Hilfssheriff aus den Augenwinkeln.

Aber die lässt sich gar nicht irritieren. Sie bleibt stur stehen und ruft immer wieder: »Komm hierher, Carlo!« Ihr Ton wird immer strenger. Das zieht sie so lange durch, bis ich direkt vor ihren Füßen stehe.

Dann legt sie ihre Hand unter meine Schnauze, guckt mir direkt in die Augen und sagt: »Pass mal auf, mein lieber Carlo (mein lieber Carlo bedeutet Alarmstufe Rot), wenn ich dich rufe, dann kommst du, dass das mal klar ist!« Ja, ja, ich weiß Bescheid, alles paletti.

Und dann schiebt sie noch eine Erklärung nach: »Das ist zu deiner eigenen Sicherheit.«

Ach Gott, ist das nicht rührend?

Pauliner Marsch

Für mich ist es eine schwarze Riesenschüssel, für viele Werder-Fans ein emotionsgeladener Ort: das Weserstadion. Wir schlagen einen großen Bogen am Weser-Stadion und dem Stadionbad vorbei durch die Pauliner Marsch.

Das Bremer Stadtzentrum mit den Türmen des Doms und der Liebfrauenkirche liegt sichtbar nah, aber hier kann ich rumrennen wie verrückt. Weite Flächen mit Gras und Grün, kleine Schrebergartengebiete. Für große und kleine Menschen ist die Pauliner Marsch ein Sportparadies, von Fußball bis Rollsport, Angebote in Hülle und Fülle.

Ich benötige keine Sporteinrichtungen. Ich bin ein Hund. Ich brauche vor allem Wiesen und andere Hunde und gerne auch den B A L L. Allerdings macht Hilfssheriff keinerlei Anstalten mein Spielgerät aus der Tasche zu holen. »Hier sind Hunde genug zum Toben, kümmere dich mal um die«, findet sie. Okay, dann nicht, dann schau n' wir mal, was hier so läuft heute.

Und tatsächlich kommt da auch schon Buka angerannt. Jimmi auf dem Fahrrad und Buka, seine schwarzglänzende Labradorhündin nebenher. Heute glänzt sie ganz besonders. Sie ist klatschnass, weil sie gerade am kleinen Strand neben dem Kanu-Verein in der Weser gebadet hat. Buka begrüßt uns beide sehr herzlich. Etwas zu herzlich vielleicht, Hilfssheriff versucht krampfhaft, die nasse Buka auf Abstand zu halten. Buka und ich jagen jetzt über die Wiese.

Jimmi zieht weiter und Buka folgt ihm widerstrebend. Wir lassen Weser-Stadion und Werder-Trainingsplatz hinter uns und folgen dem Verlauf der Weser an Kleingärten entlang zwischen Kanuvereinsgelände und Baseball-platz. Richtung Sportgarten und Restaurant Jürgenshof biegen wir ab. Bei einer der sonnigen Bänke mit Blick auf die Pferdewiese des Sportgartens legen wir eine Pause ein.

Land-Feeling

»Hier ist es wie auf dem Land«, schwärmt Hilfssheriff und macht die Augen zu. Das reetgedeckte Gebäude des alteingesessenen Restaurants Jürgenshof hinter uns macht das Landfeeling komplett. Die Rollsportanlage daneben ist in dem vielen Grün kaum zu sehen.

Während Hilfssheriff da herumsitzt, widme ich mich den unzähligen Pi-Mails und lote die vorbeilaufenden Hunde aus. Alles friedlich heute, keine aggressive Pi-Mail mit anmaßendem Herrschaftsanspruch dabei. Ein kleiner Terrier lässt sich sogar zu ein paar Runden Im-Kreis-Rumrasen animieren. Die meisten Hunde kenne ich, zumindest flüchtig. Hilfssheriff kennt die meisten Sheriffs, zumindest flüchtig. Wir sind hier häufig unterwegs.

Im Halbschatten unter Bäumen laufen wir im Bogen zurück zum Weser-stadion, am Sportgarten und Platz 11 von Werder Bremen vorbei, an einem Volleyballplatz, der großen Sportwiese des BTV und der Werder-Halle. Dahinter liegt unterhalb des Osterdeichs ein Fußballplatz neben dem anderen. Sogar der kleine Spielplatz am Weg ist mit Sportgeräten für jedermann bestückt worden. Auf unserem Gang begegnen uns Spaziergänger, Radfahrer, Jogger und Walker. Die Pauliner Marsch ist ein friedlicher Ort mit Auslauf für Hunde und Menschen.

»Wir haben uns jetzt erst mal genug bewegt«, findet Hilfssheriff und steuert die Terrasse des Lokals Bootshaus am Weserbogen an. Dort, mit Blick auf den Bootshafen, möchte sie gerne einen Milchkaffee schlürfen. Muss das sein?

So schlecht ist es dann aber nicht. Hilfssheriff trinkt ihren Kaffee, und ich strecke mich auf den Holzbohlen aus. Die sind von der Sonne angewärmt, sehr angenehm. Hauptsache der Stopp dauert nicht zu lange.

Google-Wahn

Warum heißt die Pauliner Marsch Pauliner Marsch? Die meisten Bremer, die hier rumrennen, wissen das nicht. Hilfssheriff wusste das früher auch nicht, und mir ist das sowieso egal.

Hilfssheriff will aber immer alles wissen. »Ich googel das mal«, hat sie gesagt. »Ich googel das mal«, das ist eine eigenartige Redewendung. Die Menschen benutzen sie ständig. Neuerdings googeln sie alles gleich vor Ort und unterbrechen mit dem Herumgewurschtel an ihrem Smartphone, oder was immer sie da in der Hand halten, den ganzen Gesprächsfluss.

Menschen sind wirklich rätselhafte Wesen. Sie stehen in der prallen Sonne und versuchen krampfhaft das Gerät in ihren Händen zu beschatten, nur um etwas rauszukriegen, das sie viel besser zuhause in aller Ruhe nachgucken könnten.

Ich meine, unterwegs gibt es so viel zu sehen, die glitzernde Weser mit Segel- und Ruderbooten und Binnenschiffen, das Weserstadion, schwarz und schillernd eingekleidet mit Solarzellen, das Stadionbad gleich daneben, wo man den Leuten über den Zaun hinweg beim Baden zugucken kann, die vielen verschiedenen Menschen und Hunde, die hier rumrennen. Was soll da dieses Google-Gewurschtel?

Hilfssheriff macht das erstaunlicherweise nicht. Sie gehört noch zu den Leuten, die vielen anderen vorkommen wie Neanderthaler. Sie läuft noch ohne Smartphone durch die Gegend. Stattdessen hat sie ein auf viele Leute mittelalterlich wirkendes kleines Handy in der Tasche. »Das wiegt fast nichts«, sagt sie, »das ist genau richtig für lange Spaziergänge.«

Also hat Hilfssheriff zuhause nachgeguckt, woher der Name Pauliner Marsch kommt. Pauliner kommt vom Paulskloster und Marsch, weil das früher einfach Marschenwiesen waren, auf denen Vieh graste und die vom Paulskloster bewirtschaftet wurden. »Erst seit ungefähr 1800 gehört die Pauliner Marsch der Stadt Bremen«, sagt Hilfssheriff.

Nichtschwimmer

Namen interessieren mich nicht. Für mich fängt der Spaß in der Pauliner Marsch schon am Segelverein beim Weser-Stadion an. Da gibt es eine Rampe für die Segelschiffe. Sie werden da zu Wasser gelassen und auch wieder rausgezogen.

Ich kann da perfekt den B A L L runterrollen und ins Wasser platschen lassen. Ich kann ihn ein Stück runterrollen lassen, wieder einfangen, wieder ein Stück runterrollen lassen und dann eben ins Wasser platschen lassen und wieder rausfischen. Neuerdings gehe ich hier sogar komplett ins Wasser.

Früher war das anders. Ich konnte schwimmen, aber ich wollte nicht schwimmen. Mit den Füßen rein, das war okay, aber schwimmen, nein danke. Nicht, dass ich etwas dagegen hatte, nass zu werden, zum Beispiel wenn es regnet. Regen gefällt mir ungemein. Ich genoss es auch, wenn Hilfssheriff mir bei großer Wärme Weserwasser über den Rücken träufelte und für Kühlung sorgte. Zuerst fand ich das äußerst befremdlich, aber dann fand ich das richtig gut. Aber schwimmen wollte ich nicht. Warum? Keine Ahnung.

Es gibt Hunde, die sind ganz scharf darauf ins Wasser zu springen. Wenn sie Wasser sehen, sind sie auch schon drin. Ich nicht, jedenfalls bis jetzt nicht.

Hilfssheriffs Pudel aus ihrer Kindheit, der, der auch Carlo hieß, schwamm auch nicht gern. Er ging immer nur so weit ins Wasser wie er noch Grund unter den Füßen hatte. Und Oma Gertruds Pudel Willi war auch kein Schwimmer. Aber Hilfssheriff hat auch schon mal einen Pudel beobachtet, der mit Anlauf von einer Ufermauer hinter einem Ball her in einen See gesprungen ist, nicht nur einmal, sondern geschätzte hundert Mal nacheinander. Der war völlig verrückt danach. Ich jedenfalls zog es vor, nicht zu schwimmen.

B A L L–Drama

Einmal wäre ich an der Rampe beim Segelverein aber doch fast geschwommen. Da waren wir mit einem B A L L unterwegs, der nicht schwimmfähig war.

Ich lasse diesen B A L L die Rampe runterrollen, fange ihn ein, lasse ihn weiter runterrollen. Und dann lasse ich ihn ins Wasser platschen. Und was passiert? Er säuft ab. Ein Drama größeren Ausmaßes.

Ich grabe wie ein Irrer mit den Vorderpfoten im Uferschlamm herum. Hilfssheriff wühlt wie besessen mit einem Stock im Wasser. Dann zieht sie sich die Schuhe aus und stakst mit den Füßen unter Wasser umher. Wir geben alles.

Ich bin so mit der Rettungsaktion B A L L beschäftigt, dass es mir piepegal ist, als mir das Wasser bis zum Bauch reicht. Das Wasser ist sogar kurz davor, über meinem Rücken zusammenzuschwappen.

Unser Großeinsatz ist leider nicht von Erfolg gekrönt Die Weser mit ihrer Strömung ist eindeutig schneller. Es kostet Hilfssheriff sehr viel Überredungskunst, mich davon zu überzeugen, die Rettungsaktion B A L L einzustellen. So schnell gebe ich nicht auf. Sie muss mich an der Leine hinter sich herzerren, damit ich nicht zu meinem heißgeliebten Spielgerät zurücklaufe.

Jetzt würde es mir vielleicht gelingen, so einen abgesoffenen Ball wieder rauszufischen. Ich könnte danach tauchen.

Der Hundeführerschein

Es gibt viele arme Schweine unter uns Hunden. Die haben nicht genug Auslauf und sind viel zu viel allein. Manche landen im Tierheim. In dem Punkt sind Hilfssheriff und ich uns ausnahmsweise einig. Wir fänden es deshalb beide gut, wenn Menschen, die ernsthaft planen, sich einen Hund zuzulegen, vorher einen Hundeführerschein machen müssten.

Per Hundeführerschein könnten die Leute nicht nur lernen, wie Hunde ticken, sondern auch, welche Hunderasse zu ihnen passt, wie groß wir werden, was wir fressen, welche Krankheiten wir kriegen können und was wir im Schnitt pro Jahr kosten.

»Es gibt Bundesländer mit Hundeführerscheinpflicht, Niedersachsen zum Beispiel«, sagt Hilfssheriff.

Vielleicht könnte man ja Hundeführerscheinpflicht einführen und dafür die Hundesteuer verringern oder abschaffen. Naja, irgendwie so, bin ich Politiker?

Nehmen wir mal an, in einer Familie nörgeln beide Kinder unentwegt herum, dass sie einen Hund haben wollen. Die Eltern hätten vielleicht auch gerne einen, haben aber durch den Hundeführerschein gelernt, dass sie nicht genug Geld oder genug Zeit oder beides für so ein Tier haben.

Jetzt nehmen wir nochmal an, in der Nachbarschaft gibt es zwei weitere Familien mit insgesamt fünf Kindern. Diese Kinder gehen ihren Eltern mit ihrem Hundegenöle genauso auf den Geist wie die Kinder der ersten Familie.

Wenn die sich jetzt alle zusammentun und sich die Kosten teilen, dann kann der Hund in einer Familie wohnen, aber alle sieben Kinder können mit ihm spielen. Alle könnten sich abwechseln mit dem Gassi gehen und mit ihren Urlaubsreisen könnten sie sich vielleicht auch absprechen.

Das wäre doch super für alle Beteiligten. Ich finde sowieso, Vernetzung ist alles.

Blumenkunst

»Heute müssen wir beim Blumenkünstler vorbei, Schnuffelhund«, erklärt Hilfssheriff, während sie mich zur Begrüßung ausführlich auf ihrem Unterarm herumkauen lässt. Gebongt, den kenn'ich, nur ein kleiner Schlenker Richtung Dobben zu Stuff, Hilfssheriffs Lieblingsblumenladen. Hilfssheriff braucht einen Blumenstrauß als Mitbringsel für eine Einladung.

Im Laden riecht es so wie immer und wie in allen Blumenläden, nach Blumen und Erde und ein wenig feucht und modrig. Aussehen tut es aber anders. Auf den ersten Blick hat man das Gefühl in einem kompletten Durcheinander von Tischen mit Vasen und Blumen und Zweigen, von Kübeln und abgeschnittenen Stengeln auf dem Boden zu stehen. An einer Wand hängt ein großes Ölgemälde von einer alten vornehmen Dame.

Hilfssheriff und Stuffi (so nennt Hilfssheriff den Blumenhändler David insgeheim) schnacken kurz den neuesten Viertelklatsch durch. Dann gibt sie ihm Regieanweisungen für den Strauß bzw. sie sagt ihm, wofür der ist und was er kosten darf. Die Regie für den Strauß führt Stuffi selbst, indem er loslegt wie ein Besessener. Er rennt zwischen den Tischen hin und her, schnappt sich hier eine Blume, da eine Blume, da einen Zweig, biegt einzelne Zweige zum Oval und verbindet das alles irgendwie mit einander. Das Ganze hat eine gewisse Wildheit und wirkt ähnlich strukturlos wie Stuffis Laden. Heraus kommt aber ein ganz besonderer Blumenstrauß, eine Kreation, wie man sie so in keinem anderen Blumengeschäft kriegt.

Jeder Strauß von Stuffi ist anders, jeder Strauß ist unten besonders dick, dort wo er in die Vase gesteckt werden muss. Hilfssheriff hat inzwischen einen ganzen Vorrat von dicken Vasen, nur damit sie Stuffis Sträuße darin unterbringen kann.

Zu Ostern hat Stuffi ihr mal Zweige mit eingearbeiteten weißen Lilien gebunden. Das sah toll aus, passte aber in keine von Hilfssheriffs Vasen. Sie hat ein paar Mal zu Stuffi gesagt: »Jetzt musst du aufhören. In welchem Eimer soll ich denn diesen dicken Strauß unterbringen?« Aber Stuffi hat immer weiter noch einen Zweig und noch eine Lilie dazu gepackt und geantwortet: »Lass mal, das passt schon.« Als er endlich fertig war mit diesem

Monsterstrauß, hat Stuffi für Hilfssheriff einen besonders schönen Behälter aus seinem Sammelsurium rausgesucht und ihn ihr leihweise mitgegeben.

Der Strauß war so riesig, dass es Hilfssheriff ziemliche Mühe gekostet hat, ihn unfallfrei nach Hause zu schleppen. Er war dann zwei Wochen lang der Hingucker in ihrem Wohnzimmer.

Dieser Strauß hier ist auch ziemlich groß geworden. Er ist nicht in Papier eingewickelt, schon gar nicht in Folie, das macht Stuffi nur auf besonderen Wunsch.

Wir bringen ihn schnell zu Hilfssheriff nach Hause und dann, nach Hilfssheriffs üblichen viertelstündigen Hin- und Hergerenne zwischen Wohnzimmer, Küche, Gästeklo und Garderobe, geht's weiter an die Weser.

Erdbeerbrücke

Es riecht nach einem längeren Ausflug. Hilfssheriff nimmt ihr Rad mit. »Heute geht's zum Werdersee«, frohlockt sie. Der Werdersee ist der größte See Bremens, mitten in der Innenstadt, aber auch mitten im Grünen.

Es gibt verschiedene Möglichkeiten, vom Ostertorviertel zum Werdersee zu kommen. Diesmal fährt Hilfssheriff mit dem Fahrrad und ich laufe nebenher, mit Pausen natürlich. Unterwegs gibt es jede Menge zu schnüffeln, Pi-Mails müssen gelesen und beantwortet werden. Zwischendurch veranstalten wir Wettrennen. Bei diesen Sprints bin ich schneller als Hilfssheriff auf ihrem Fahrrad.

Ich, Angehöriger der als Schoßhunde verkannten Rasse der Pudel, kann Hilfssheriff sehr lässig abhängen, selbst wenn sie mit ganzer Kraft in die Pedale tritt.

Wir lassen die Weserwiesen und das Weser-Stadion hinter uns und erklimmen über eine Rampe die Erdbeerbrücke. Die Erdbeerbrücke heißt eigentlich Karl-Carstens-Brücke. Bis 1999 hieß sie Werderbrücke. Aber die Bremer sagen alle Erdbeerbrücke. Warum? »Weil es früher in Habenhausen, wo die Brücke hinführt, große Erdbeerplantagen gab«, sagt Hilfssheriff. Allerdings wissen das die meisten Bremer nicht, sagen aber trotzdem Erdbeerbrücke.

Ich wusste das natürlich auch nicht, mir ist das sowieso egal. Nach Haben-hausen wollen wir heute auch nicht. Wir wollen an die Nordseite des Werder-sees. Die liegt auf der Halbinsel Stadtwerder und diese Halbinsel wiederum liegt zwischen Weser und Werdersee, mitten in der Stadt.

Deshalb ackern wir jetzt die Rampe hoch auf die Erdbeerbrücke. Genauer gesagt ackert Hilfssheriff auf ihrem Rad. Sie tritt und keucht, während ich locker neben ich hertänzele.

Der Wendelweg

Wenn man von der Erdbeerbrücke aus zum Werdersee will, als Fußgänger oder Radfahrer oder eben als Hund, dann kann man in der Mitte der Erdbeer-brücke über einen runden gewundenen Weg (man kann sich das vorstellen wie eine Wendeltreppe ohne Treppe) nach unten fahren oder laufen. Der Weg hat zwei durch eine kleine Mauer abgetrennte Spuren, eine für Fußgänger und eine für Radfahrer. Wir nehmen die Fußgängerspur und Hilfssheriff schiebt das Rad. Oben stehen Schilder für Fußgänger und Radfahrer, unten auch. Das war eine sehr gute Idee der Erbauer, die Sache mit der Mauer. In Bremen fahren Radfahrer herum, vor denen man sich als Hund, Kind oder einfach nur als Fußgänger schwer in Acht nehmen muss. Da ist es gut, wenn man seinen eigenen Fußweg hat.

Auf diese wüsten Radfahrer ist Hilfssheriff ohnehin nicht gut zu spre-chen. Am Osterdeich unten haben wir schon miterlebt, dass Radfahrer in einem Affenzahn mit Zentimeterabstand an wackeligen Kleinkindern vorbei-gerast sind. Wenn Hilfssheriff so etwas sieht, dann brüllt sie hinter denen her. Richtig wild wird sie dann. Aber die geigen im gleichen Tempo mit ihren Rädern weiter. »Das ist unfassbar«, schimpft Hilfssheriff, »denen scheint über-haupt nicht bewusst zu sein, was sie anrichten können.«

Heute hat Hilfssheriff aber keinen Grund, sich aufzuregen. Hier ist alles friedlich. Alle benutzen ganz gesittet die korrekte Seite des Wendelweges. Hilfssheriff ist bester Stimmung und auch ich werde immer aufgeregter. Wir freuen uns auf den Werdersee, die große Freiheit mitten in der Stadt. Unten angekommen sind es nur noch wenige Meter.

Die Sau rauslassen

»Der Himmel ist so groß hier, ganz anders als zwischen den Häusern im Viertel«, jauchzt Hilfssheriff. Ja, ja, ist ja schon gut. Hilfssheriff wird hier draußen immer ganz ausgelassen. Dabei sind wir gar nicht draußen. Wir sind mitten drin in Bremen. Der Werdersee glitzert in der Sonne. Er liegt langgestreckt wie ein Fluss vor uns.

Wir halten uns auf dem Deich in Richtung des Badestrands. Heute sind hier Spaziergänger, Radfahrer, Skater und Jogger unterwegs. Die Badesaison hat noch nicht angefangen. Etwas abseits vom Badestrand setzt Hilfssheriff sich auf eine Bank, die im Sand steht. In diesem Sand wühle ich jetzt wie besessen herum. »Das artet jedes Mal aus«, findet Hilfssheriff, »er kann nicht wieder aufhören.« Ich muss zugeben, sie hat recht. Ich grabe Löcher, in die ich selbst zweimal reinpasse. Ich schmeiße den Sand meterweit hinter und neben mich und springe energiegeladen in die Höhe.

Wenn dann noch jemand fragt »Wo ist die Maus?«, dann raste ich aus. »Maus, das ist für Carlo das Synonym für Beute«, schwätzt Hilfssheriff daher. Okay, laber Rhabarber, sehr oberschlau. Die macht sich ja gar keine Vorstellung davon, was ich in diesem Erdloch alles rieche, nicht nur Mäuse, auch Karnickel und Maulwürfe, andere Hunde, alles was hier mal irgendwie unterwegs war. Es riecht so intensiv, dass mich das total aufregt. Ich kann gar nicht anders. Ich wühle mich durch das Erdreich und schnaufe und grunze. Ich lasse hier so richtig die Sau raus.

Hilfssheriff behauptet, dass man daran sehen kann, dass ich einen ausgeprägten Jagdinstinkt habe. Das ehrt mich. Ich bin ein Pudel, möchte aber mit dem geckenhaften Image meiner Rasse nichts zu tun haben.

Das Loch, das ich gebuddelt habe, ist jetzt langsam groß genug, findet Hilfssheriff. Schließlich muss sie es wieder zuschaufeln. Es kostet sie einige Überredungskunst, mich mit Hilfe des B A L L s bei einer kleinen Grasbucht in den See zu locken. Hilfssheriff schmeißt den B A L L ins Wasser, ich hole ihn wieder raus. Auch das kann jetzt ewig so weitergehen. Ich kann das machen bis zum Umfallen.

Partys und Freikörperkultur

Ich bin nicht der Einzige, der am Werdersee die Sau rauslässt. Der See ist in Sommernächten eine beliebte Party- und Grill-Location. Glasscherben, Müll und hinterlassene heiße, manchmal noch glühende Asche sind die Folgen. Inzwischen versuchen Scouts, die feierfreudigen Seebesucher so freundlich wie möglich in ihre Schranken zu weisen.

Hilfssheriff hat als Jugendliche schon im Werdersee gebadet. »Manchmal sind wir auch nachts hingefahren und sind im Dunkeln nackt im See geschwommen«, erzählt sie.

Heute haben sich die Nacktbader längst ihre eigene Ecke am See eingerichtet, nicht nachts, sondern tagsüber. Sie liegen sehr nah am Fuß- und Fahrradweg, der von vielen Leuten passiert wird. Die FKK-Freunde sind am Werdersee nicht hinter Bäumen und Gebüsch abgeschirmt wie im FKK-Bereich am Unisee.

»Für Spaziergänger und Radfahrer ist das ziemlich irritierend«, findet Hilfssheriff. »Die wissen gar nicht, wo sie hingucken sollen.« Ich habe den Eindruck, Hilfssheriff weiß das auch nicht. Wahrscheinlich schmeißt sie deswegen an der Stelle am See den B A L L grundsätzlich in die entgegengesetzte Blickrichtung.

Hilfssheriff und ihre Freunde waren natürlich nicht die einzigen Jugendlichen, die nachts zum Werdersee gefahren sind. »Aber eine so große Masse von Partymachern mit lauter Musik gab es hier damals noch nicht«, sagt sie.

Hilfssheriff ist in einer Zeit Jugendliche gewesen, als es üblich war, dass immer jemand eine Klampfe dabei hatte. Klampfe, so nannten die damals eine Gitarre. »Wir haben am See gesessen und Gitarrenmusik gehört, vielleicht ein bisschen mitgesungen«, erinnert sie sich. Sie fand das damals ziemlich romantisch.

Der Kohl und der See

Im Winter rennen am Werdersee unzählige Trupps mit Bollerwagen und um den Hals gehängten Kohlstrünken, Schnapsgläsern und Salzbrezeln durch die Gegend. Das sind die bei den Bremern überaus beliebten Kohlfahrten, an deren Endstation das Kohl- und Pinkelessen in einer Gaststätte steht.

Die Kohlfahrer vernichten auf ihrer Wanderung große Mengen Schnaps und Bier und werden infolgedessen immer ausgelassener. Manche tendieren dazu, leere Flaschen und Verpackungen gleich an Ort und Stelle zu entsorgen. Leider haben sie keinen Hilfssheriff, wie ich, der hinter ihnen aufräumt.

Also gab es Ärger, weil der Werdersee ja keine Müllhalde ist, sondern der Naherholung und dem Naturschutz dienen soll.

Ärger allein bringt bekanntlich nichts. Deshalb setzte sich ein Haufen unterschiedlicher Leute an einen runden Tisch und beriet, was man tun kann. Sie kamen aus den Kleingartenvereinen, dem Umweltressort, den Stadtteilbeiräten, den Ruder- und Kanuvereinen, der DLRG und aus der Bürgerinitiative »Rettet den Werdersee« und anderen Gruppen. Das war 2012. Aus den Treffen am runden Tisch ist ein Nutzungskonzept Werdersee und ein »Werderseewegweiser« entstanden. Der Verein »Dein Werdersee« wurde gegründet.«

Statt kleiner Papierkörbe stehen jetzt große Container am See. Es gibt Grillplätze und Grillverbotszonen und Schilder mit freundlichen Hinweisen auf all das.

Die Werdersee-Scouts sind auch in der Kohl- und Pinkelzeit unterwegs. Die haben wir hier schon getroffen. Sie verteilen Mülltüten und Flyer und erklären, wo Container und Müllabgabestellen sind. Während der Kohlsaison gehören die Lokale rund um den See jetzt zu einem Netz von Müllbeutelausgabestellen und nehmen auch am Ende der Kohlwanderungen volle Mülltüten an.

Zusätzlich zu den Toiletten in den Gaststätten und dem im Sommer geöffneten Toilettenhaus am See, stellt die Stadt eine mobile Toilette auf.

Mir ist das egal. Hilfssheriff und unserem Begleitpersonal hat diese Mobiltoilette auf unseren langen Spaziergängen am Werdersee aber schon Momente großer Erleichterung beschert.

Perspektivwechsel

»Heute wechseln wir die Perspektive, Carlo«, erklärt Hilfssheriff zur Begrüßung. Was soll das heißen? Was liegt jetzt wieder an? Wir gehen los, und es passiert gar nichts Außergewöhnliches. Wir kommen am Theater vorbei und gehen über den gewundenen Holzsteg über dem Wallgraben hinter dem Gerhard-Marcks-Haus Richtung Kunsthalle. Wo soll da der Perspektivwechsel sein? Das haben wir schon »gefühlte tausend Mal« gemacht, wie Hilfssheriff beknackterweise zu sagen pflegt.

Aber jetzt erfolgt tatsächlich eine Änderung: Statt um den vor uns liegenden Hügel unten herumzugehen, marschiert Hilfssheriff auf den Hügel rauf. Oben angekommen stellt sie fest: »Guck', sieht alles ganz anders aus.«

Das ist aber mal ein Perspektivwechsel! Unter Perspektivwechsel stelle ich mir echt was Wilderes vor, zum Beispiel, dass Hilfssheriff auf allen Vieren herumkriecht, während ich mich auf meinen Hinterbeinen vorwärtsbewege.

Egal, schauen wir uns hier mal um. Der Hügel eignet sich perfekt, um den B A L L runterrollen zu lassen. Aber der steckt noch in Hilfssheriffs Tasche. Also gucke ich sie erwartungsfroh an, lächle, was das Zeug hält, bis sie ihn endlich rauszieht und den Hügel runterschleudert, ich hinterher. Der Ball hat so einen Zahn drauf, dass er fast bei den Gästen vom Lokal Canova an der Kunsthalle auf dem Tisch landet. Schnell wieder hoch, damit sie ihn wieder runterschmeißt.

Aber nein, Hilfssheriff hat neben einem jungen Baum da oben eine rote Rose entdeckt. »Eine blühende Rose, hier im Schatten unter den vielen Bäumen!«. Sie scheint das sehr bemerkenswert zu finden. Dann liest sie mir den Text auf dem Messingschild vor, das auf einem Holzpflock vor der Rose und dem Baum angebracht ist: »Da steht ›Unser Traumbaum E. + E.G. 2003‹, wie romantisch«, säuselt sie, schmeißt dann aber gnädigerweise auch wieder den B A L L den Berg runter.

Als ich wieder oben bin, steht sie vor dem nächsten jungen Baum und liest vor: »Hier steht: ›The fundamental things apply as time goes by Männe 20.08.1938 – 4.3.2002‹ wie wahr, wie wahr.«

Danach wirft sie wieder den Ball. Wieder oben, hat sie sich den nächsten Baum vorgenommen. Das geht immer so weiter.

Bis wir uns vorgearbeitet haben zu drei kleinen Gingkobäumen. Einer von ihnen heißt »Kattibaum«, und das gefällt ihr am besten. Mir auch, aber eigentlich ist das auch egal jetzt. Ich bin von der vielen Rennerei fix und fertig.

Im Tunnel

Wie kriege ich sie hier wieder raus. Hilfssheriff hat den Blickkontakt zu mir unterbrochen. Ihre Augen haben sich an der surrealen Collage im Kunsttunnel festgesaugt. Sie schleicht von Motiv zu Motiv, das sind hunderte. Der Tunnel ist 163 Meter lang.

Eigentlich wollten wir hier nur durchgehen, wie sonst auch. Hinter der Kunsthalle durch die Wallanlagen und durch den Kunsttunnel für Fußgänger und Radfahrer unter dem Osterdeich durch.

Aber jetzt ist hier alles neu und hell und bunt und verrückt. Ein junger Bremer Künstler hat eine Galerie aus dem dunklen Tunnel gemacht. »Jetzt wird der Kunsttunnel seinem Namen endlich gerecht«, freut sich Hilfssheriff. »Das hier ist fantastisch. Hoffentlich wird es nicht wieder zerstört.«

Ah, da kommt ein anderer Hund, etwa meine Größe. Endlich läuft hier auch was Interessantes für mich. Schnüffel hier, schnüffel da, und jetzt an die Tunnelwand, das Bein heben. Aber was ist das? Eben wirkte Hilfssheriff noch geistig völlig abwesend. Ich dachte, sie hätte mich komplett vergessen. Jetzt kommandiert sie plötzlich: »Nein, hier wird nicht mehr hingepinkelt. Das ist ein Kunstwerk.«

Das ist ja empörend! Früher war das hier das reinste Pinkelparadies, nicht nur für Hunde.

Der Kunsttunnel

Früher war der Tunnel einfach nur ein ziemlich düsterer Schlauch, in dem Underground-Künstler ihre Spuren hinterließen. Graffiti und aufgeklebte lebensgroße Papierzeichnungen von Menschen in den unterschiedlichsten Alltagssituationen. »Das war zum Teil sehr gekonnt«, findet Hilfssheriff.

Plötzlich hingen Rahmen in dem Tunnel. Er war gereinigt worden und hieß nun »Kunsttunnel«. Sponsoren unterstützten das Projekt. Im Kunsttunnel sollten verschiedene Künstler und Künstlerinnen im Wechsel ihre Werke ausstellen können.

Rahmen und Kunstwerke fielen der kompletten Zerstörung anheim. Wer auch immer das gemacht hatte, Hilfssheriff hat sich nicht darüber gewundert. »Warum hat man den Underground-Leuten nicht einfach dieses Feld überlassen?«, fragte sie sich. »Reinigen hätte man den Tunnel ja trotzdem können.«

Der Kunsttunnel war dann lange Zeit wieder einfach nur eine Unterführung mit diversen Graffitis. Dann war er ein paar Wochen komplett gesperrt. Wir haben einen Umweg durch die Wallanlagen zur Ampel am Osterdeich genommen. Der Umweg führte am Rodelberg hinter der Kunsthalle entlang und Hilfssheriff und ich sind da jedes Mal raufgeklettert und sie hat den B A L L für mich runtergeworfen. Das war äußerst vergnüglich. Von mir aus hätte der Kunsttunnel gesperrt bleiben können.

Aber nein, der Tunnel wurde wieder geöffnet und sieht jetzt aus wie neu. »Der Künstler, der das hier gemacht hat, ist in der Graffiti- und Street Art-Szene anerkannt. Das sind alles Bahnen aus festem Papier. Die hat er mit Lack überzogen«, gibt Hilfssheriff ihr aus dem Weser-Kurier erworbenes Wissen an eine andere staunende Frau weiter.

Die surreale Geschichte, die er auf diesen Papierbahnen erzählt, scheint den beiden zu gefallen. »So viele Details«, freut Hilfssheriff sich und rennt hin und her. »Das sind ja tausende Bilder. Hier kann man sich stundenlang aufhalten.« Oh nein, bloß nicht! Aber ich schätze, das bleibt mir nicht erspart. Hilfssheriff wird hier noch öfter hängenbleiben.

Mir ist Kunst komplett egal. Das einzige, was mich an diesem Tunnel interessiert, sind die Pi-Mails der anderen Hunde. Wenn ich da jetzt selber nicht mehr das Bein heben darf, dann kann mir dieser ganze blöde Tunnel komplett gestohlen bleiben.

Gottseidank geht Hilfssheriff jetzt endlich weiter und gottseidank locken am Ende des Tunnels immer noch die Osterdeichwiesen.

Breminale

Ich kann die Weser und die Hunde auf den Weserwiesen im Tunnel schon sehen und riechen. Aber am Ende des Tunnels muss ich stoppen und auf Hilfssheriff warten. Wenn ich das nicht tue, veranstaltet sie ein Riesentheater. Wenn ich warte, kriege ich ein Leckerli. In 75 Prozent der Fälle warte ich. Wo der Tunnel auf der Weserseite rauskommt, verläuft direkt ein Fuß- und Fahrradweg runter vom Osterdeich. An dieser Stelle haben die Radfahrer, wenn sie von oben kommen, einen Affenzahn drauf.

Während der Breminale ist der Kunsttunnel ein wichtiger bunter Übergang von der Weser in die Wallanlagen. Die Breminale ist ein großes eintrittsfreies Open-Air-Musik- und Kulturfestival. Sie findet jeden Sommer auf den Weserwiesen zwischen Innenstadt und Sielwallfähre und in den Wallanlagen hinter der Kunsthalle statt. Die erste Breminale gab es 1987. Inzwischen strömen Hunderttausende zu den Zelten und Buden, um sich Musik unterschiedlicher Stilrichtungen anzuhören. Es gibt urige Sitz- und Liegegelegenheiten, Tanzmöglichkeiten und Speisen und Getränke aus aller Welt.

Zwischen den Buden und Zelten und Bühnen präsentieren außerdem noch viele Kleinkünstler ihr Programm. Auf der Kinderwiese hämmern und bauen, malen und matschen die Kurzen tagelang und lassen nach und nach ein ganz eigenes großes Kunstwerk entstehen, in der Regel etwas, auf dem sie auch noch herumklettern können.

Vor der Breminale gibt es für Hilfssheriff immer viel zu gucken. Auf den Weserwiesen und in den Wallanlagen hinter der Kunsthalle kann sie dabei zusehen, wie ein Zelt nach dem anderen hochgezogen wird und urwüchsige Bretterbuden zusammengezimmert werden.

Solange sie dabei regelmäßig den B A L L für mich durch die Gegend wirft, soll mir das recht sein.

Verrückt

Ehrlich gesagt, ich finde die Menschen ziemlich gaga. Sie machen sich ständig Gedanken, sie planen immer irgendetwas. Sie sind meistens gar nicht richtig präsent, weil sie über die Zukunft und die Vergangenheit sinnieren. Ich mache mir natürlich auch Gedanken, zum Beispiel darüber, wie ich Hilfssheriff dazu bringe, den B A L L aus der Tasche zu ziehen. Ich plane auch. Zum Beispiel werde ich gleich an meinem Mitbewohner Kater Naldo vorbeigehen und die Zähne fletschen. Hilfssheriff hat ihn gerade ausführlich gestreichelt. Das wollen wir gar nicht einreißen lassen. Hilfssheriff soll mich streicheln und niemanden sonst. Naldo hat sich von Hilfssheriff fernzuhalten.

Die Menschen planen ständig viel größere Dinge. Kommt mir so vor, als wenn sie vor lauter Planen und Diskutieren gar nicht mitkriegen, was gerade wirklich abläuft.

Die Weserwiesen und auch die Wiesen in den Wallanlagen sind gerade quietschgrün. Das Gras war schon ganz gelb und vertrocknet, weil es so heiß gewesen ist. Das ist den Menschen natürlich aufgefallen. Das Negative registrieren sie offenbar schnell, wahrscheinlich weil sie darüber wieder stundenlang diskutieren können, bis hin zum möglichen Weltuntergang.

Jetzt nach dem Regen ist alles grün, das Gras riecht frisch und würzig. Aber ich habe noch keinen Menschen in meiner Nähe darüber reden hören. Dabei ist das in diesem Sommer ganz außergewöhnlich. In vielen Regionen unserer Republik herrscht Dürre und Waldbrandgefahr, anderswo hat es plötzlich dermaßen viel geregnet, dass ganze Ortschaften abgesoffen sind. Hier in Bremen hatten wir diese perfekte Mischung von Regen und Hitze, die alles zum Sprießen bringt.

Ich könnte jetzt Wetten darauf abschließen, dass nächste Woche, wenn es zwischendurch wieder regnet, diese eigenartigen Menschen über das typische Bremer Schmuddelwetter lamentieren. Das ist doch gaga.

Holtorf

Ich darf nicht rein. Ich darf nur meine Nase in Richtung Laden halten und hingebungsvoll schnuppern.

Holtorf am Ostertorsteinweg stand auf der Kippe. Es war der letzte »Kolonialwarenladen« Deutschlands, ein Feinkostgeschäft erster Güte. Inzwischen können die Leute dort auch einen Kaffee schlürfen und an Gin-Verkostungen teilnehmen.

Hilfssheriff setzt sich manchmal bei Holtorf rein, wenn ich nicht dabei bin. Sie trinkt einen Milchkaffee oder einen Capucino und guckt. Die Einrichtung ist von 1903 und Hilfssheriff kann sich gar nicht satt daran sehen. Die fast bis zur hohen Decke reichenden Regale sind im Jugendstil eingefasst. Schrankfenster und Regalpfosten sind verziert, um eine große Uhr ranken sich blumige Ornamente und für die lose Ware gibt es 'zig große Holzschubladen.

Hilfssheriff kennt Holtorf schon seit ihrer Kindheit. Als sie am Sielwall gewohnt hat, hat die Familie da schon eingekauft. Buchweizen, Kuchengewürze, Nüsse, Kandiszucker. Später ist Hilfssheriffs Vater mit dem Auto zu Holtorf gefahren und hat Hilfssheriff häufig mitgenommen. Einmal im Jahr brachten die beiden etwas ganz Besonderes mit nach Hause: eine Scheibe Wabenhonig. »Der schmeckte köstlich«, sagt sie, »auch wenn das Bienenwachs zwischen den Zähnen hängen blieb.«

Hilfssheriff und viele Bewohner des Viertels sind heilfroh, dass Holtorf noch existiert. Den Laden gibt es hier seit 1874, zuerst in einem zweigeschossigen Haus. Das ersetzte der Kaufmann Wilhelm Holtorf 1903 durch ein neues Wohn- und Geschäftshaus mit vier Stockwerken. In diesem führte die Familie Schwiering generationenübergreifend das Geschäft als Familienbetrieb und lebte auch in dem Haus. Die Schwierings waren Angestellte von Holtorf und 1908 vermachte der kinderlose Holtorf das Anwesen dieser Familie. Bis 2013 blieb es in der Hand der Schwierings. Frau Schwiering führte Holtorf auch nach dem plötzlichen Tod ihres Mannes weiter, zusammen mit ihrer Schwägerin. Die Suche nach einem Nachfolger für die beiden zog sich lange hin.

Schließlich übernahm Marcus Wewer das Haus mit Laden. Er gestaltete das unter Denkmalschutz stehende Geschäft vorsichtig um, nahm Bio-Fleisch und Bio-Auflage mit ins Sortiment und erweiterte das Feinkostangebot. Die

Biofleischabteilung lief jedoch nicht so, wie gewünscht. Deshalb verkaufte Wewer das Geschäft wieder.

Jetzt heißt der Laden Holtorfs Heimathaven. Es gibt Gin und andere edle Spirituosen, Kaffee und Selbstgebackenes, einen Teil des alten Sortiments und das berühmte Holtorf-Müsli mit und ohne Rosinen.

Hilfssheriff hat den Laden unter Beobachtung, sie geht fast jeden Tag daran vorbei. »Ich hab' den Eindruck, jetzt läuft es«, freut sie sich.

Mein Objekt der Begierde liegt ein paar Meter weiter: Der große Kiosk »Flaschenpost«.

Flaschenpost

Die Flaschenpost ist mein Favorit unter den Läden im Ostertor. Nicht nur meiner. Alle Hunde zerren ihre Sheriffs da rein. Warum? In der Flaschenpost bekommt jeder Hund ein Leckerli. Zum Glück geht Hilfssheriff da auch total gerne hin.

Die Flaschenpost gibt es seit 2004. Sie ist ein großer Kiosk. »Da kriegt man alles«, sagt Hilfssheriff. »Wenn einem etwas fehlt, die Flaschenpost hat's.« Hilfssheriff holt sich in dem Laden Zeitschriften oder auch Getränke und spielt da manchmal Lotto. Wenn sie im Supermarkt eine Zeitschrift entdeckt, die sie haben möchte, dann geht sie extra in die Flaschenpost um sie zu kaufen.

»Die Flaschenpost hat uns aber auch schon gerettet, wenn am Wochenende Milch, Butter, Brot oder Eier aus waren«, erzählt sie. Sogar frische Brötchen haben die. Sie holt sich in dem Kiosk auch Briefmarken, und Pakete kann sie da abgeben. Und wenn sie Fahrkarten für die Straßenbahn braucht oder gelbe Säcke für den Plastikmüll, dann geht sie zur Flaschenpost. Manchmal bringt sie ihre Armbanduhr hin, damit die Batterie ausgetauscht wird.

Der eigentliche Grund, warum Hilfssheriff so gerne zur Flaschenpost geht, ist aber, dass es da so viel zu gucken gibt und dass die Leute hinter dem Tresen alle so nett sind. Manchmal trinkt sie in der Flaschenpost einen Milchkaffee oder Cappuccino, nur damit sie sich in Ruhe alles angucken kann. Natürlich hat die Flaschenpost Süßigkeiten in Hülle und Fülle, auch diverse

Schokoladen – und Pralinensorten. Und es gibt Regale mit Zigaretten, Tabak und Spirituosen und verschiedenen Weinflaschen und Sekt. Es gibt Kühlschränke voll mit Bier und alkoholfreien Getränken. An einer Wand steht eine große Eis-Truhe. Die Regale und Kühlschränke in der Flaschenpost sind voller Waren.

Aber darüber, ganz oben, stehen alte Blechdosen, Keksdosen und Bonbondosen und an den Wänden hängen historische Blech-Reklameschilder. An eine Seitenwand haben die Flaschenpostler einen alten PEZ-Bonbon-Automat und einen alten Florida-Kaugummi-Automat montiert. »Solche Dinger hingen in meiner Kindheit an vielen Straßenecken«, sagt Hilfssheriff.

Wenn man die zwei Stufen zu den Zeitschriftenregalen und Postkartenständern und zum Lottotisch raufklettert, dann kann man an der Tür zum Lagerraum hinter einer Plastikverschalung historische Micky Maus, Lucky Luke und Fix und Foxi-Hefte entdecken.

»Außerdem sind die Farben so schön, in denen die den Laden gestrichen haben«, findet Hilfssheriff. »Rosa Türen und Rahmen, dazu Orange- und Rottöne in den Lampen zusammen mit den bunten Waren, das wirkt total gemütlich«, sagt sie.

Während Hilfssheriff also verzückt im Laden herumguckt, lauere ich an der Seite vom Tresen auf meinen Hundekuchen. Wenn ich lange genug sehnsuchtsvoll gucke, dann können es sogar zwei oder drei werden.

Alles Torf

Hilfssheriff hat Größeres vor. »Moin Schnuffer«, begrüßt sie mich, »heute machen wir einen weiten Spaziergang.« Weiter Spaziergang? Nichts dagegen.

Wir zockeln durch die Wallanlagen zum Präsident-Kennedy-Platz, nehmen die Rembertistraße und passieren den Rembertiring. Weiter geht's durch den anderen Teil der Rembertistraße am Rembertistift und am Wohnsitz von Ex-Bürgermeister Henning Scherf vorbei. Der lebt mit seiner Familie seit Jahrzehnten in einer funktionierenden Hausgemeinschaft. »Bemerkenswert«, findet Hilfssheriff. »Er umarmt jeden, wohnt in einer HG und schreibt jetzt auch noch Bücher über das Alter.«

Egal, das wollen wir hier jetzt nicht vertiefen. Wir rennen über die nächste Ampelanlage und durch den Friedenstunnel. Im Friedenstunnel bleibt Hilfssheriff natürlich hängen. Drei der Texttafeln zum Thema Frieden muss sie »mal eben« lesen. »Geht sofort weiter, Carlo«, sagt sie.

Irgendwann landen wir schließlich am Bürgerpark und wandern Richtung Westen nach Findorff. Findorff ist nicht schlecht, Findorff – Findorffer Markt – Ronjas Lieblingsleckerlis. Heute ist aber gar kein Markt, stattdessen entert Hilfssheriff mit mir Arinas Café, wo ich völlig sinnlos neben dem Tisch herumliege, bis Hilfssheriff ihren Gemüsebagle vernichtet hat. Immerhin scheint die Sonne in das Café. Der Fußboden ist angewärmt. »Geht gleich weiter«, sagt Hilfssheriff. Heute scheint der »Geht-gleich-weiter-Tag« zu sein.

So richtig weiter geht es dann aber doch nicht. Aus dem Café raus gehen wir nur ein paar Schritte bis zum Torfhafen. Da steht Hilfssheriff wieder in der Gegend rum und liest das Infoschild. Gott ja, im Torfhafen wurde früher der Torf aus dem Teufelsmoor auf Torfkähnen angelandet. Torf war Heizmaterial. Dieser Torfhafen war mal größer. Auf dem zugeschütteten Teil findet drei Mal in der Woche der Wochenmarkt statt, am Samstag mit Ronjas Lieblingsleckerlis. Das ist in meinen Augen die einzig wirklich wichtige Info und die steht noch nicht mal auf dem Schild.

Findorff heißt nicht Findorff, weil es mal ein Dorf war. Findorff hat seinen Namen von Jürgen Christian Findorff. Der hatte ganz viel mit der Kolonisierung des Teufelsmoors zu tun.

So, jetzt ein langes Stück in der Sonne die linke Seite des Torfkanals hoch. Hilfssheriff bestaunt den von Alleen gesäumten Kanal, ich bestaune die Pi-Mails mir komplett unbekannter Hunde an den Bäumen. Das zieht sich. Die kann ich alle nicht unbeantwortet lassen.

Auf einer der Fußgänger-und Fahrradbrücken überqueren wir den lehmig gelben Torfkanal und laufen dann an der anderen Seite am Bürgerpark entlang wieder zurück. Am Ende kickt Hilfssheriff noch gefühlte hundert Mal (da haben wir diesen beknackten Ausdruck wieder) den B A L L durch die Gegend und ich bringe ihn zurück. Danach wandern wir wieder zu Fuß ins Viertel.

»Ich bin völlig fertig« japst Hilfssheriff, »ich hab' runde Füße.« Runde Füße, wie habe ich mir das jetzt wieder vorzustellen? Egal, ich bin jedenfalls nicht fertig, im Gegenteil, von mir aus können wir das Ganze auf der Stelle wiederholen.

Machen wir auch, aber nicht heute. »Nächstes Mal nehm' ich das Fahrrad«, sagt Hilfssheriff.

Liebe in grün-weiß

Bremen ist grün-weiß. Zumindest gewinnt man diesen Eindruck, wenn wichtige Werder-Spiele stattfinden. Früher waren das mal Champions League-Spiele, UEFA-Cup-Spiele, Spiele um die Bundesliga-Meisterschaft und den DFB-Pokal-Sieg. Das muss schon länger her sein. Jedenfalls habe ich davon nichts mitgekriegt.

In den letzten Jahren ist es vorgekommen, dass die wichtigsten Spiele die am Ende der Bundesligasaison waren. Da ging es nicht etwa um die Meisterschaft, sondern darum, dass Werder Bremen in der Bundesliga bleibt und nicht in die 2. Liga absteigt.

Wenn solche wichtigen Spiele stattfinden, dann kochen die Emotionen bei den Werder-Fans hoch. Und ich bin hautnah dabei. Sowohl meine Sheriffs als auch Hilfssheriff sind Werder-Fans. Bei solchen Spielen kann ich staunend beobachten, wie aus gestandenen nüchternen Menschen in Nullkommanix komplette Nervenbündel werden.

Im letzten Werder-Spiel der Saison 2015/2016 hat der damalige Werder-Spieler Papy Djilobodji mit dem 1:0 in der 88. Minute die Stadt vor einer kollektiven Depression bewahrt. Die Erleichterung über dieses Tor und den damit besiegelten Verbleib in der Bundesliga rührte selbst harte Männer zu Tränen.

In den Wochen zuvor inszenierten die Werder-Fangruppen eine regelrechte Unterstützungskampagne für die Mannschaft mit lautstarken Massenaufgeboten bei Spielen in gegnerischen Stadien, Spalierstehen beim Eintreffen der Spieler im Mannschaftsbus am Weserstadion, Internet-Kampagnen in den Fan-Foren.

Für den letzten Spieltag brachte der Weser-Kurier, die Bremer Tageszeitung, eine grün-weiße Doppelseite mit dem Spruch »Werder braucht Bremen braucht Werder«. Das wirkte fast schon wie eine Beschwörungsformel und die Seite hing in etlichen Fenstern der Stadt.

Das magische Eck

Am Tag des entscheidenden Werderspiels gegen den Abstieg aus der Bundesliga 2016 hatte Hilfssheriff Besuch von ihrer Freundin Marianne. Hilfssheriff traute sich nicht, Marianne zu fragen, ob sie zusammen mit ihr das Werderspiel anguckt. Marianne ist keine Bremerin und kein Werder-Fan und war schließlich ihr Gast.

Aber natürlich bekam Marianne die Stimmung in der Stadt vor dem Spiel mit, die vielen grünen Zeitungsseiten in den Fenstern und die vielen Gespräche über das Spiel überall in den Läden im Viertel. Schlussendlich hat sie selbst vorgeschlagen, das Spiel im Wienerhof-Café in der Weberstraße zu gucken. »Puh, da war ich echt erleichtert«, erzählt Hilfssheriff, »und die Stimmung im Wienerhof-Café war bombig.«

Eine halbe Stunde nach dem Spiel sind die beiden zur Sielwall-Kreuzung marschiert. An der Sielwall-Kreuzung wird aus dem Ostertorsteinweg die Straße Vor dem Steintor und aus dem Sielwall die Straße Dobben. Die Sielwallkreuzung zieht die Fans nach gewonnenen wichtigen Fußballspielen magisch an.

An der Sielwall-Kreuzung waren schon ganz viele Werderfans und sie hatten die Kreuzung auch schon eingenommen. Zwischendurch fuhren infernalisch hupende Autos mit Werderfahnen schwenkenden Insassen über die Kreuzung. Auch die Straßenbahn ließen die Kreuzungsbesetzer durch, allerdings nicht, ohne die Waggons abzuklatschen.

Marianne traute sich zunächst nicht so richtig rein in die Menschenmenge auf der Kreuzung. Aber Hilfssheriff beruhigte sie: »Das war ein Auswärtsspiel, das sind hier alles Werder-Fans, die haben total gute Laune nach diesem Spiel.« Und so war es dann auch. »Wir sind ein bisschen zu spät losgegangen«, bedauerte Hilfssheriff. »Wenn wir etwas früher dagewesen wären, hätten wir erlebt, wie die Kreuzung besetzt wird.«

Humba humba tätärä

Der Ablauf nach großen Fußballspielen auf der Sielwall-Kreuzung wirkt immer zunächst bedrohlich.

Die Polizei steht mit einem starken Aufgebot an der Kreuzung. Die Fans trudeln nach und nach ein und halten sich auf den Bürgersteigen auf, erst mal. Die Polizei versucht, sie dort zu halten. Einzelne Fans fangen an, wie Kinder hüpfend die Straße zu überqueren.»Einmal, nach einem von Deutschland gewonnenen WM-Spiel habe ich dabei einen meiner Söhne und dessen Freund entdeckt, beides ausgewachsene Männer«, erzählt Hilfssheriff.»Der eine stand auf der einen Seite des Sielwalls an der Kreuzung und der andere auf der anderen Seite. Erst haben sie sich angegrinst und dann sind beide losgehüpft.«

Die Hüpferei kann der Beginn der Besetzung der Sielwallkreuzung werden. Es ist ein Spiel der Fans mit der Polizei. Ein Spielzug darin kann auch so aussehen: Auf Kommando setzen oder hocken sich alle auf den Bürgersteig. Dann gibt ein Tonangeber vor: »H« und die Menge skandiert: »H«, der Vorsprecher : »u«, die Menge echot: »u«, das geht weiter mit m, b und a, und alle wedeln mit ihren Armen und singen: »Humba, humba tätärä, tätärä!«. Dabei kommen sie langsam wieder hoch. Das Ganze wiederholt sich in kurzen Abständen und plötzlich ist die ganze Kreuzung voller tanzender und lachender Humba, humba tätärä singender junger Leute. Nach etwa einer Stunde zerstreuen sich die Menschen, der Spuk ist vorbei.

Die Sielwall-Kreuzung ist Kult. Sie war jahrelang bundesweit bekannt als der Standort der harten Bremer Drogenszene. Sie diente auf dem Bürgersteig herumliegenden Punker-Gruppen als Wohnzimmer. In Silvesternächten bildete sie die Kulisse für Krawalle, Schlägereien mit der Polizei, Lagerfeuer mitten auf der Straße, zerstörte Autos, eingeschlagene Schaufensterscheiben und sogar die Plünderung eines Discounters.

Die Sielwall-Kreuzung hat ihre Anziehungskraft nicht verloren. »Aber solange dort nur solche kurzen und friedlichen Fußballfeste stattfinden, kann ich damit leben«, sagt Hilfssheriff.

Hilfssheriffs Home-Office

Ich bin kein Fan der Weberstraße. Warum? Gänge durch die Weberstraße enden häufig damit, dass wir in Hilfssheriffs Wohnung landen, sozusagen ihrem Hilfssheriff-Office.

Heute auch. Sie zieht wieder ihr viertelstündiges Schauspiel ab mit dem Titel »Ich irre durch meine Wohnung und finde meine Sachen nicht«. Das hatten wir ja schon. Jetzt flitzt sie auch noch die Treppen hoch. »Schnuffer, du musst mal eben warten«, sagt sie, »ich muss mich noch umziehen.«

Gott ja, was bleibt mir anderes übrig. Hauptsache sie schiebt hinterher eine Belohnung in Form eines Leckerlis rüber.

Manchmal, am Ende unseres Spaziergangs, landen wir auch in Hilfssheriffs Wohnung, fast immer, wenn ich nass bin. Dann rubbelt sie mich mit dem Hundehandtuch ab und das wiederum finde ich sehr, sehr angenehm. Davon kann ich gar nicht genug bekommen. Ehrlich gesagt, ich werde schon ganz wild, wenn sie nur ihre Hand in Richtung des Hundetuchs ausstreckt.

Hilfssheriff ist ein großer Fan der Weberstraße. »Die Weberstraße«, sagt sie, »das ist das reinste Geschichts- und Geschichtenbilderbuch.«

Und in der Tat muss da so einiges losgewesen sein. Inzwischen werden sogar Touristengruppen durch die Weberstraße geführt, weil es da so viele historische Gebäude gibt.

»Gottseidank gibt es die alle noch«, freut sich Hilfssheriff, »viele sollten abgerissen werden.«

Wienerhof

Wenn wir am Wienerhof in der Weberstraße vorbeigehen, dann grundsätzlich auf der anderen Straßenseite. Warum? Weil im Wienerhof auch Hunde wohnen. Diese Hunde sind eigentlich freundlich, aber Hilfssheriff traut dem Braten nicht, und ich auch nicht. Dem Braten nicht trauen, was ist das eigentlich für eine blöde Redewendung. Ich fange schon an, den Quatsch zu übernehmen, den Hilfssheriff manchmal daherredet.

Egal, der Hof ist von einem verschnörkelten Jugendstilzaun umgeben, und die Hunde betrachten diesen Hof ganz sicher als ihr Terrain, das sie bewachen und verteidigen müssen. Das kenne ich von mir. Ich bin ein eher friedlicher Vertreter meiner Art, wenn man mal davon absieht, dass dem B A L L kein anderer Hund zu nahe kommen darf. Aber wenn ich bei mir zuhause hinter dem Zaun sitze, dann kläffe ich jeden vorbeigehenden Hund, den ich nicht kenne, gnadenlos an. Ich sitze dann auch nicht mehr, sondern springe am Zaun herum, bis der andere Hund den Abgang gemacht hat. Die Menschen haben uns schließlich zu ihren Begleitern auserkoren, damit wir sie schützen. Dann tun wir das eben auch.

Von der anderen Straßenseite hat Hilfssheriff aber auch einen besonders guten Blick auf den gesamten Wienerhof. Den kann sie sich, wie sie nicht müde wird, zu erklären, immer wieder ansehen. Der Wienerhof sollte auch weg, ist aber gerettet worden.

»Der Wienerhof mit seinen verschnörkelten Wandornamenten im Jugendstil hat eine ganz besondere Architektur«, findet Hilfssheriff. Jede Eingangstür ist individuell geformt. Vor jedem Hauseingang befinden sich Terrassen. Früher hieß der Wienerhof »Rundum«. »Den Namen Wienerhof hat sich der Denkmalpfleger ausgedacht«, sagt Hilfssheriff. »Er war der Meinung dass es so etwas Verspieltes und Verschnörkeltes sonst nur in Wien gibt.«

Der Wienerhof ist eine der frühen Wohnanlagen Bremens, die extra für die Vermietung gebaut wurden, Anfang des 20. Jahrhunderts. Die Architekten setzten die Gebäude an die hintere Grundstücksgrenze. So entstand vorne ein Platz für einen Hof zur Weberstraße. Damals war der Hof in einzelne Gärten aufgeteilt. Heute ist der Hof offen und wird von den im Wienerhof lebenden Singles, Familien und WGs und vielen Kindern aus der Straße vielfältig genutzt.

Sie sitzen und spielen auf den Terrassen und in dem großen Garten. Der Wienerhof mit seiner freundlichen Architektur und seinem Baumbestand prägt das Bild der vorderen Weberstraße.

Besetzung

»Wenn der Wienerhof Anfang der siebziger Jahre nicht besetzt worden wäre, dann stünden dort jetzt Appartementhäuser mit bis zu 22 Stockwerken, unvorstellbar«, schimpft Hilfssheriff.

Die Besetzer zogen damals in die Wohnungen, die leer standen. Die Neue Heimat Bremen, ein Vorläufer der Wohnungsbaugesellschaft GEWOBA hatte der Erbengemeinschaft den Komplex abgekauft, um ihn abzureißen.

1973 wurde der Wienerhof schließlich unter Denkmalschutz gestellt. Auch die Besetzer durften bleiben. Sie erhielten Untermietverträge über eine studentische Organisation, der die Neue Heimat die Wohnungen vermietet hatte.

1979 kam es dann zu erneuten Besetzungen mit regelrechten Straßenschlachten. Der ganze Wienerhof-Komplex sollte saniert werden. Die Neue Heimat bot ihren Mietern für die Zeit der Sanierung Ersatzwohnraum an, nur den Untermietern der Studentenorganisation nicht.

Diesmal lief die Besetzung völlig aus dem Ruder. Militante Hausbesetzer zündeten Container an, die zu Beginn der Sanierung mit dem Holz der Fußböden und wertvollen Jugendstiltüren gefüllt worden waren. Dann brannten Container mit dem Inventar einer Baufirma. Schließlich sorgte der damalige Leiter des Ortsamtes für Ruhe, indem er für alle Ersatzwohnraum beschaffte.

Ich interessiere mich nicht die Bohne für Architektur. Aber hier auf dem Bürgersteig gegenüber dem Wienerhof gibt es auch für mich eine Menge zu erkunden. Hier stehen Bremer Häuser mit kleinen begrünten Vorgärten mit Büschen und Zäunen. Hier haben schon dermaßen viele Hunde Pi-Mails hinterlassen, dass ich ganz langsam über den schmalen Bürgersteig schleiche, um die Botschaften in Ruhe zu entziffern. Hilfssheriff kann derweil gerne ihre Augen an den Jugendstilverzierungen und den Erkern und Terrassen des Wienerhofs spazieren gehen lassen.

Der Joint

Hilfssheriff wohnt schon mehr als 30 Jahre in der Weberstraße und kann über diese Straße eine Menge erzählen. Zum Beispiel die Geschichte von dem Joint, den sie und die kleine, in ihrem Wohnzimmer anwesende Weihnachtsgesellschaft an einem Heiligabend in den 80-erJahren von Wolfgang und Atze geschenkt bekommen haben. Wolfgang und Atze gehörten zur Straße. Sie lebten hier und arbeiteten damals beide im Wienerhof-Café, einer alteingesessenen Kneipe.

Wolfgang und Atze kifften gerne und wollten am besagten Heiligabend auch Hilfssheriff und ihrer Familie dieses Vergnügen gönnen. Sie klopften zu später Stunde ans Wohnzimmerfenster und überreichten Hilfssheriff und ihrem Gatten einen schönen dicken Joint. Von der kleinen Weihnachtsgesellschaft kiffte eigentlich niemand. An dem Heiligabend aber schon, denn der Joint musste schließlich aufgeraucht werden.

Er wanderte also von Hilfssheriffs damaligen Gatten zu der Schwester des damaligen Gatten und weiter zu Hilfssheriffs Bruder, überschlug die beiden Omas, wanderte weiter zu einer anwesenden Freundin von Hilfssheriff und schließlich zu Hilfssheriff. Der kleine Wohnraum füllte sich allmählich mit dem Qualm und dem süßlichen Duft des Joints, bis Oma Elli, die gar nicht an dem Joint gezogen hatte, begann, albern vor sich hin zu kichern. Sie war allein von dem Rauch schon high.

Durch das originelle Joint-Geschenk von Wolfgang und Atze wurde dieser Heiligabend ein ganz außergewöhnlicher Abend für alle, insbesondere für Oma Elli. Die Familie hatte sie noch nie so ausgelassen und aufgekratzt erlebt.

Frau P.

Neben Hilfssheriff lebte viele Jahre Frau P., eine echte alte Ostertorsche. Frau P. war schon alt als Hilfssheriff in die Weberstraße einzog. Sie war in dem Haus neben Hilfssheriff aufgewachsen.

Bis zu ihrem Lebensende war sie absolut selbständig, fuhr regelmäßig zum Theatergucken nach Bremerhaven, ging zum Kaffeeklatsch in ihre Kirchengemeinde und liebte es, ihren dicken Kater zu ärgern. »Beim

Schnack über den Gartenzaun piekste sie ihn gern ein bisschen mit einem Stock. Der Kater stand da aber irgendwie auch drauf«, erzählt Hilfssheriff lachend.

Wenn Hilfssheriff von ihrer alten Nachbarin spricht, gerät sie geradezu ins Schwärmen: »Frau P. kannte natürlich jeder in der Straße, Frau P. war auf sämtlichen Einwohnerversammlungen dabei. Frau P. liebte das Ostertor und die Lebendigkeit hier. Sie meckerte nie, auch nicht über die Kinder und deren viele Freunde.«

Als Frau P. schon sehr alt war, machte sich Hilfssheriff manchmal Sorgen um sie, zum Beispiel wenn sie Frau P. tagelang nicht sah oder hörte. Aber dann war Frau P. einfach nur in einen kurzen Urlaub gefahren und kam irgendwann gut gelaunt wieder zurück. Frau P. sagte Hilfssheriff nie Bescheid, wenn sie wegfuhr. Hilfssheriff fand es auch besorgniserregend, dass Frau P. im hohen Alter immer noch auf ihren steilen Treppen im Haus unterwegs war. Aber Frau P. winkte nur ab. »Die Treppen gehe ich sogar im Schlaf unfallfrei«, erklärte sie.

Sehr bemerkenswert war, wie Frau P. dann eines Tages zum Bedauern der ganzen Straße diese schöne Erde verließ.

Frau P. hatte sich zu einem ihrer üblichen Bummel mit der Straßenbahn »in die Stadt« aufgemacht. Auf dem Weg zur Straßenbahnhaltestelle hatte sie noch mit diesem und jenem in der Straße einen Klönschnack gehalten. Unter anderem erzählte sie mehreren Leuten, dass sie sich am Herzen operieren lassen sollte. Aber davon wollte sie nichts wissen. Sie hielt demonstrativ ihre Pillenpackung hoch und erklärte: »Die Dinger hier nehme ich regelmäßig. Wenn die nicht mehr ausreichen, dann ist es vorbei.«

An diesem Tag starb sie, mitten im Leben und mitten in ihrem geliebten Ostertorviertel. Es heißt, dass sie nach der Rückkehr von ihrem Stadtbummel am Ostertorsteinweg aus der Straßenbahn stieg und nach wenigen Metern tot umfiel.

Als Hilfssheriff am späten Nachmittag in der Straße Geld für eine Todes-anzeige im Weser-Kurier sammelte, wollten ihr mehrere Anwohner nicht glauben, dass Frau P. gestorben war. »Das kann gar nicht sein«, sagten sie, »mit der habe ich heute Vormittag noch gesprochen.«

Hilfssheriff war natürlich traurig, dass Frau P. nicht mehr lebte und nicht mehr ihre Nachbarin war. »Aber alles andere, eine lange Krankheit oder Pflegebedürftigkeit wäre überhaupt nicht Frau P.s Ding gewesen«, sagt sie. »Sie ist so gestorben, wie sie gelebt hat.«

Kult-Kneipe Wienerhof-Café

Natürlich war ich schon im Wienerhof-Café in der Weberstraße, mit meinem menschlichen Rudel, abends.

Nicht, dass das jetzt Begeisterungsstürme bei mir auslöst. Cafés, Kneipen, Restaurants gehören nicht zu meinen Lieblingsaufenthaltsorten. Am liebsten bin ich draußen, so lange wie möglich. Aber ich nehme solche Lokalitäten in Kauf. Wenn mein Rudel meint, da hingehen zu müssen, dann gehe ich mit, setze mich in eine Ecke und warte bis wir wieder rausgehen. Das gefällt mir auf jeden Fall besser, als ohne mein Rudel alleine zuhause rumzuhängen.

Das Café Wienerhof hat seinen Sitz in einem großen alten Haus. Das Haus ist noch älter als der Jugendstilkomplex Wienerhof, und wurde früher »Villa« genannt. Die rothaarige Wirtin Maria führt seit Jahrzehnten das Regiment im Wienerhof-Café.

Sie hat es geschafft, den alten Kneipencharme zu erhalten, ohne dass der Laden altbacken wirkt. Ins Wienerhof-Café gehen alte 68er, aber auch ganz junge Leute.

Schönes historisches Kneipeninventar kombiniert Maria mit den Bildern diverser Künstler und mutiger bunter Farbgestaltung der Wände. Von ihr selbst gesteckte Ikebana-Blumenkunst und eine kleine Vase mit Schnittblumen auf jedem der alten Holztische sind Standard. Das Wienerhof-Café ist für manchen Gast eine Art zweites, wenn nicht gar erstes Wohnzimmer.

Bis vor gar nicht langer Zeit haben sich jährlich im Wienerhof-Café die »Alten«, ehemalige Bewohner der Weberstraße und einige, die hier immer noch leben, zu einem ausgedehnten Kaffeeklatsch getroffen. Dieses gemütliche Treffen fand mehrere Jahrzehnte lang statt.

Das Wienerhof-Café ist gebongt, sofern wir da nicht zu lange rumhängen und irgendein Riesenköter in der Ecke sitzt, vor dem ich Angst haben muss.

AUCOOP

Wenn die Gäste aus den Fenstern des Wienerhof-Cafés schauen, sehen sie das höchste Gebäude der Weberstraße, die AUCOOP. Schöner roter Klinker mit bröseligen Fugen, kaputte weiße Holzfenster, bröckelnder Putz, zum Schutz dagegen ein Netz über den Fenstern und dem Ausgang des in den unteren Räumen liegenden Internet-Cafés. So sah die AUCOOP bis vor ein paar Jahren aus. 2014 ließ die Stadt das historische, unter Denkmalschutz stehende Gebäude sanieren. Der große Giebel oben wurde abgestützt. Das Relief mit den beiden Löwen, die einen Bienenstock zwischen sich halten, wurde nach alten Zeichnungen wieder neu hergestellt. Die Fugen zwischen den roten Klinkern blitzen jetzt hell.

Und ein paar Wochen blieb sogar der untere, frisch gestrichene helle Teil des Gebäudes hell. Erstaunlich lange, wie Hilfssheriff findet. Aber dann haben die üblichen Graffitis wieder Einzug gehalten an den Wänden. Mit einem Schriftzug fing es an und danach war die Scheu, ein denkmalgeschütztes frisch renoviertes Gebäude zu besprühen, endgültig überwunden.

»Eigentlich sollte die helle Fläche ein Kontrast zu den roten Klinkerverzierungen sein«, vermutet Hilfssheriff. »Jetzt übertönt das bunte Graffiti-Durcheinander diese liebevoll gestaltete Fassade.«

Mir ist das egal. Ich gehe ganz gern am Zaun der AUCOOP entlang. Vor der AUCOOP liegt ein schmaler Garten mit verwildertem Grün. Allerdings sitzen da auch manchmal Hunde drin, vor dem Internetcafé, zusammen mit ihren Sheriffs. Deshalb checke ich erst mal die Lage. Könnte sein, dass die plötzlich anfangen, diesen Garten zu verteildigen, obwohl er ihnen gar nicht gehört.

Besetzt und umgestaltet

Um viele Häuser in der Weberstraße ist gekämpft worden, auch um die AUCOOP. 1976 hat eine Gruppe junger Leute die damals leerstehende marode ehemalige Brotfabrik der Genossenschaft des Bremer Konsumvereins besetzt.

Die Besetzer gründeten den Verein Ausbildungskooperative AUCOOP. Dessen Ziel war es, benachteiligten Jugendlichen eine Berufsausbildung zu ermöglichen. Es entstanden eine Tischlerwerkstatt, eine Schlosserei, eine

Elektrowerkstatt und Büroräume. Deutsche und türkische Jugendliche schlossen 1986 den ersten Ausbildungsgang zum Elektroinstallateur ab.

Die Speiche, ein Fahrradladen mit Werkstatt, residierte lange im unteren Teil der AUCOOP. Das war ungeheuer praktisch für Hilfssheriff und ihre Familie. Kaputte Fahrräder brauchten sie zur Reparatur nur auf die andere Straßenseite zu bringen. Als die Speiche an einen belebteren Standort im Steintor umzog, übernahm das Internetcafé Lift die Räumlichkeiten.

Eine weitere Gastronomie im Erdgeschoss versorgt vor allem die Beschäftigten und Auszubildenden. 2010 gab es die Überlegung, die AUCOP auszugliedern und hier, mitten im Viertel, ein Gründerzentrum für die Kreativwirtschaft, vor allem für Absolventen der Hochschule für Künste, entstehen zu lassen.

Die Politik hatte Zweifel daran, dass das Haus ausgelastet ist. Es gab einen Sanierungsstau von 150 000 bis 250 000 Euro. Für den Verbleib der AUCOOP in der Weberstraße hatte sich schnell ein breites Bündnis zusammengeschlossen, darunter Politiker aus allen großen Parteien. Die AUCOOP konnte bleiben, muss aber jetzt eine Miete aufbringen, die alle Kosten der Gebäudeerhaltung deckt.

Hilfssheriff liebt das hohe alte Gebäude. »Wenn die roten Klinker von der Sonne angestrahlt werden, verströmen sie ein schönes warmes Licht«, sagt sie.

Schmidtchen Schleicher

Viele Leute sind von meinem wiegenden Gang fasziniert. Auch Hilfssheriff ist ganz entzückt, wenn sie mir beim Herumtraben zusieht.

»Schmidtchen Schleicher« nennt sie mich deshalb manchmal. Daran kann man erkennen, dass Hilfssheriff nicht mehr ganz jugendlich ist, ehrlich gesagt ist sie schon ziemlich alt. So alt wie die ist, kann ich gar nicht werden.

»Schmidtchen Schleicher«, das war ein Hit in der deutschen Hitparade 1976. »Das ist gefühlte tausend Jahre her«, wie Hilfssheriff beknackter Weise zu sagen pflegt. 1976, da haben ja noch nicht mal meine Großeltern gelebt.

Jedenfalls konnte dieses Lied von dem niederländischen Schlagersänger Nico Haak so ziemlich jeder mitsingen, auch Hilfssheriff, trotz ihrer

Abneigung gegen das deutsche Schlagerliedgut. Der Text handelte von einem gewissen Schmidtchen Schleicher, der, vermutlich beim Tanzen, bemerkenswert elastische Bewegungen vollführt und damit die Frauen wild macht. Im Refrain ist sogar die Rede davon, dass die Frauen sich fürchten und anfangen zu weinen, Schmidtchen Schleicher sich aber immer wieder anschleicht.

Das ist ganz schön abgedreht und war damals ein Partyknaller. Seit Kurzem entdeckt Hilfssheriff sowieso die Schlager ihrer Jugend neu.

Im Gegensatz zu ihrer Revoluzzerzeit kann sie den Melodien und Texten heute eine Menge abgewinnen. »Es gibt kein Bier auf Hawaii« zum Beispiel, das ist ein Lied von dem Schlagersänger Paul Kuhn. Das ist noch älter, von 1963. »Der Text ist doch genial«, findet Hilfssheriff, »da muss man erst mal drauf kommen, dass einer seine Verlobte nach zwölf Jahren immer noch nicht heiratet, weil sie die Hochzeitsreise nach Hawaii machen will und es auf Hawaii kein Bier gibt.« Am besten gefällt ihr die Stelle mit dem Hula Hula und dem Durst, der davon nicht weggeht.

Über so etwas kann sie sich heute kaputt lachen. Ich vermute mal, dass man in Hilfssheriffs Alter anfängt, in die Vergangenheit zu gucken und die dann auch noch rosarot einfärbt.

Vielleicht geht mir das ja auch so, wenn ich erst mal zehn oder zwölf Jahre alt bin. Vielleicht finde ich dann den bissigen Schäferhund aus der Nachbarschaft total süß und das Herumhängen in irgendwelchen Cafés mit den Scheriffs und Hilfssheriff superinteressant. Wer weiß das schon?

Die Kletterweide

Wir entern nach der kurzen Fährfahrt das Café Sand-Strandufer. Wie immer begrüßt uns linker Hand eine ausladende Weide. Wie fast immer ist dieser Baum voller Kinder, denn sie ist ein grandioser Kletterbaum mit vielen verzweigten starken Ästen. Auch kleine Kinder können auf ihr herumturnen, weil die Weide nicht so hoch ist. Wenn es heiß ist, dann ist diese Weide auch ein grandioser Schattenspender. Ich darf da aber nicht hin. »An der Weide hast du nichts zu suchen«, sagt Hilfssheriff. »Das ist ein lebendiges

Klettergerüst, da haben Hunde nicht gegen zu pinkeln.« Ich gebe zu, das würde ich umgehend tun, wenn ich könnte, so ein schöner einladender Baum.

Hilfssheriffs Kinder sind mit dieser Kletterweide groß geworden. »Doch plötzlich, im März 1995, war die Kletterweide nur noch ein Stumpf«, erzählt sie. Das führte zu allgemeiner Bestürzung bei allen, die den Baum kannten, nicht nur bei den Kindern.

Die Leute beschwerten sich wütend beim Verein Hal Över. Es hagelte Proteste. Aber der Verein konnte gar nichts dafür. Die hätten diese tolle natürliche Klettermöglichkeit für die Kinder sehr gerne behalten.

Ein Vater wandte sich schließlich an den Weser-Kurier mit der Frage, wie es angehen kann, dass dieser Baum gefällt wurde. Die Redakteurin Lilo Ruß recherchierte und dann war im Weser-Kurier zu lesen, dass die Weide so ausladend geworden war, dass sie ein Ankerverbotsschild verdeckte. Dieses Verbotsschild muss aber für die Binnenschiffer zu beiden Seiten 300 Meter weit sichtbar sein, hieß es. Die Weser ist an dieser Stelle eine Art Schiffsautobahn, wo vieles sehr streng reglementiert werden muss, damit es keine Kollisionen gibt.

Natürlich fragten sich alle, die das mitbekamen, warum dann nicht einfach das Schild versetzt worden ist. Das hatten Wasser- und Schifffahrts- und Umweltbehörde sogar in Erwägung gezogen, dann aber nicht umgesetzt. Zu teuer. Es hätte mit dem erforderlichen Betonfundament und Stromanschluss für die Beleuchtung des Schildes bis zu 10 000 DM gekostet.

Hilfssheriff vermutet, dass die mit der empörten Reaktion von so vielen Leuten nicht gerechnet haben. Gottlob hatten sie die Weide auch nicht gefällt, sondern auf Kopf gesetzt, also stark gekürzt, so dass nur noch ein Rest übrig geblieben war.

Dieser Rest wurde dann flugs eingezäunt, damit die Weide in Ruhe wieder hochwachsen konnte. Es hat lange gedauert, erst guckten nur spiddelige Zweiglein aus dem Stumpf, aber Stück für Stück entwickelte sich wieder ein Baum daraus. Nun steht die Weide wieder dort in ihrer alten Kletterbaumpracht. Bei hoher Flut im Wasser und bei Ebbe weit über der Wasserkante.

Hilfssheriff freut sich jedes Mal darüber, wenn wir dort vorbeigehen.

Kinderarbeit

Hilfssheriff lässt Kinder für sich arbeiten. Zumindest in Situationen wie dieser hier. Letzte Augustwoche, wir hocken am Werdersee. Für Hilfssheriff ist das noch mal eine Möglichkeit, in Bremen draußen schwimmen zu gehen. In den nächsten Wochen soll es sich abkühlen. Dann wird es ihr im See zu kalt. Sie schwimmt gerne weit raus, aber da mache ich nicht mit. Ins Wasser rein, den B A L L rausholen, auch ein Stück schwimmen, das ist okay. Aber mit Hilfssheriff zusammen mitten im See rumpaddeln, nein danke.

Also hält sie Ausschau nach einem Kind, das mich während ihrer Abwesenheit bei Laune halten und beaufsichtigen soll. Und da kommt auch schon ein Mädchen angelaufen. »Der ist ja süß, darf ich den mal streicheln?«, fragt es. »Streicheln lässt der sich nicht so einfach, der läuft immer weg«, erklärt Hilfssheriff. »Aber wenn du diesen Ball für ihn durch die Gegend wirfst, dann lässt der sich bestimmt auch bald streicheln«, säuselt sie.

Die meisten Kinder lassen sich das nicht zwei Mal erzählen. Dieses Mädchen legt auch gleich los mit dem Ball. Ich hab' zu tun, sie hat zu tun, ihre Mutter guckt eine Weile zu und legt sich dann ganz entspannt zurück auf ihre Decke. Das ist der Moment, in dem Hilfssheriff ganz beiläufig erwähnt, dass sie mal eben schwimmen geht. Und schon ist sie weg. Manchmal höre ich sie aus dem Wasser »Carlo, komm mal her« rufen, aber wir beide wissen ganz genau, dass ich nicht hinter ihr herschwimme. Warum auch, dieses etwa zehnjährige Mädchen kann sich stundenlang mit mir beschäftigen.

Oberschlau

Hilfssheriffs Pudel aus ihrer Kindheit, der irrwitzigerweise auch Carlo hieß, war sehr schlau. Er war schwarz und etwas kleiner als ich. Dem hat sie diverse Kunststücke beigebracht. Er sprang durch die zu einem Reifen geformten Arme. Er konnte sich auf seinem Hintern hinhocken, die Vorderpfoten hoch, und dann hat sie ihm ein Leckerli auf die Nase gelegt. Das durfte er erst fressen, wenn sie »Schnapps« sagte. »Ihm lief der Sabber jedes Mal aus dem Maul«, erzählt Hilfssheriff begeistert. So einen Scheiß würde ich nicht mitmachen, auf keinen Fall.

»Eine weitere schwierige Übung bestand darin, dass Carlo sitzen bleiben musste, obwohl die ganz Familie weiterging«, erzählt Hilfssheriff. Das probiert sie mit mir auch manchmal. Ich lasse sie nicht so weit weggehen. Wenn mir das zu weit erscheint, dann stehe ich zumindest schon mal auf. Dann brüllt sie »Sitz, Carlo!« und ich setze mich nur sehr widerstrebend wieder hin. »Der Carlo aus meiner Kindheit, der blieb länger sitzen«, sagt sie. »Und wenn wir dann ›Komm!‹ riefen, dann kam er angerast wie eine Rakete. Die Ohren flogen im Wind.« Da stehen die Menschen drauf. Wenn wir schnell rennen, dann fliegen die langen Pudelohren nach hinten. Das sehen die offenbar sehr gern.

»Das Tollste an dem Carlo aus meiner Kindheit war aber, dass wir mit ihm Verstecken spielen konnten«, erzählt Hilfssheriff. Der Hund kroch unter eine Decke, Hilfssheriff und ihr Bruder versteckten sich und wenn jemand »Jetzt such!« rief, dann schnüffelte er so lange im Haus herum, bis er beide Kinder gefunden hatte. »Danach ist er wieder zu der Decke gerannt und hat sich mit der Schnauze darunter gegraben. Wir sollten uns wieder verstecken. Verstecken spielen konnte der stundenlang«, sagt sie.

Dieser Carlo scheint clever gewesen zu sein. Aber ich bin schlauer. Hilfssheriffs Kindheits-Carlo schwamm nicht gerne. Er ging immer nur bis zum Bauch ins Wasser, dann kehrte er um. Wenn allerdings Hilfssheriffs Vater ins tiefe Wasser marschierte, dann schwamm der Pudel widerstrebend hinter ihm her. Er hatte offenbar große Angst, seinen Rudelführer zu verlieren.

Das könnte mir nicht passieren. Wenn Hilfssheriff oder einer von meinen Sheriffs ins tiefe Wasser gehen, dann weiß ich ganz genau, dass die nach einer Weile wieder rauskommen. Kein Grund also, hinter denen her zu hechten. Da amüsiere ich mich lieber so lange mit ballwurfbegeisterten Kindern.

Shoppen und baden

Hilfssheriff regt sich schon wieder auf: »Das Motto der Stadtplaner aus den fünfziger Jahren sollte man all den Leuten immer mal wieder unter die Nase reiben, die so gerne das Überflutungsgebiet der Halbinsel Stadtwerder mit Wohngebieten bebauen möchten.«

Den Werdersee haben die Bremer der Tatsache zu verdanken, dass die Weser manchmal unberechenbare Kapriolen schlägt. Er wurde erst ab 1953 angelegt als Überlaufbecken für die Weser bei Sturmfluten und bei hohen Wasserständen durch Schneeschmelze und Regen.

»Er wurde aber auch angelegt als Naherholungsgebiet für die Neustadt, Arsten, die Stadtmitte, das Ostertor- und Steintorviertel, Peterswerder und Hastedt«, sagt Hilfssheriff. Unter dem Schlagwort »Vom Stadtkern in die Landschaft« entstand dieses Großprojekt, ein drei Meter tiefer, 2,4 Kilometer langer See mit Erholungswiesen, Kleingärten, Badestrand, Rodelberg und Baumgruppen.

Vom Stadtkern in die Landschaft, in welcher Stadt gibt es so etwas? Im Prinzip können sich die Bremer nach einem Einkaufsbummel in der Bremer City aufs Fahrrad schwingen und sind in wenigen Minuten am Badestrand des Werdersees, um noch mal eine Runde zu schwimmen.

Heute ist der See sogar doppelt so groß wie in den Fünfzigerjahren. Ich kann hier rennen, schwimmen und buddeln. Die Menschen können am See spazieren gehen, picknicken und grillen, Ball und Frisbee spielen, Rad fahren, skaten, joggen und walken, sonnenbaden und im See schwimmen, rudern und segeln, Schlauchboot fahren und sich auf Luftmatratzen treiben lassen oder Stand-up-Paddling auf dem See machen.

Manche Menschen wollen hier auch einfach nur entspannt auf einer Decke unter einem Baum liegen und lesen. Die Kinder können auf dem großen Spielplatz am Strand neben der DLRG-Station herumturnen und im abgetrennten Nichtschwimmerbereich baden. Wenn der See im Winter zugefroren ist, wimmelt es von Schlittschuhläufern. Sogar Skilangläufer haben wir schon gesichtet, wenn genug Schnee lag.

Für mich und Hilfssheriff ist die Werder-Halbinsel mit dem Werdersee jedenfalls ein Paradies. Wir werden uns nicht gefallen lassen, dass dieses Paradies bebaut wird.

»Und da sind wir beide ganz bestimmt nicht die einzigen«, beruhigt mich Hilfssheriff, die kampferprobte Revoluzzerlady.

Naturschutz citynah

In das große, eingezäunte Naturschutzgebiet am Ende des Werdersees in Habenhausen dürfen wir beide nicht rein. Echt schade, da wimmelt es von Vögeln, die ich durch die Gegend scheuchen könnte.

Stattdessen legen wir hier auf dem Deich eine Pause ein. Hilfssheriff lauscht. Sie liebt es, die verschiedenen Stimmen der Sing-, See-, und Sumpfvogelarten zu hören. Ziemlich langweilige Angelegenheit, finde ich.

Ich vertreibe mir die Zeit damit, schnuppernd zu erkunden, welche Hunde hier schon langgelaufen sind. »Er liest«, pflegt Hilfssheriff scherzenderweise zu sagen, wenn ich intensiv an etwas herumschnuppere. Sie hält das für einen gelungenen Witz. Dabei lese ich tatsächlich, mit meiner Turbonase, eine Pi-Mail nach der anderen, in einer affenartigen Geschwindigkeit. Hier ist heute wirklich alles dabei, von der lieblichen bis zur bedrohlichen Pi-Mail.

Die Menschen lesen mit ihren Augen. Es soll allerdings auch Menschen geben, die begeistert an Büchern herumschnuppern, weil sie das Papier so gern riechen. Hilfssheriff hat mal erzählt, dass sie den Geruch des Grimm's Märchen-Buches aus ihrer Kindheit in der Nase hat, wenn sie an diesen Wälzer denkt.

Das Naturschutzgebiet und die Verlängerung des Werdersees bis hier hinten hin mit einer kleinen Verbindung zur Weser gibt es noch gar nicht so lange. Das weiß ich, weil Hilfssheriff es allen Leuten erzählt, mit denen wir hier herkommen. Hilfssheriff weiß das auch noch gar nicht soo lange. Aber nachdem sie das nachgelesen hat, verspürt sie das dringende Bedürfnis, es jedem, der es wissen oder auch nicht wissen will, zu erzählen.

Menschen sind ja anders als Hunde. Die wollen immer alles wissen, jedenfalls Hilfssheriff. Wir Hunde leben immer im Augenblick. Das, was gestresste Menschen sich in Achtsamkeitskursen mühsam wieder aneignen müssen, nämlich den Augenblick zu genießen, das haben wir einfach so drauf.

Verlängerung

Im März 1981, bei einem katastrophalen Hochwasser in der Oberweser, also oberhalb des Weserwehrs, brach ein Sommerdeich der Weser. Das Hochwasser war durch Schneeschmelze entstanden. Es konnte nicht in ausreichendem Maß in die Unterweser abfließen, weil eine Einheit am alten Weserwehr defekt war. Das Weserwasser suchte sich einen eigenen Weg und grub sich eine sechs Meter tiefe Schneise. Dieser neu entstandene Weserarm wälzte sich durch ein Parzellengebiet und floss schon oberhalb der Erdbeerbrücke wieder in die Weser. Etwa 150 Parzellen samt Häuschen riss der Strom dabei mit. Oben auf der Erdbeerbrücke stand eine johlende Menge und unter der Brücke trieben die Parzellenhäuschen durch. Ich war damals noch gar nicht auf der Welt und Hilfssheriff weilte noch revolutionstechnisch im Ruhrgebiet. »Ich habe das dort in den Nachrichten gesehen und war einigermaßen fassungslos«, erzählt sie.

Als Hilfssheriff wieder nach Bremen zurückkehrte, Anfang der achtziger Jahre, war der Werdersee leer. »Ich bin damals mit den Kindern im Werdersee herumspaziert«, erzählt sie. Der See war trocken gelegt worden, damit er verlängert werden konnte. Die Landschaftsplaner schafften große Überflutungsareale am Ende des verlängerten Sees, die unter Landschafts- und Naturschutz stehen. Erst nach sechs Jahren wurde der jetzt viel größere Werdersee wieder geflutet.

Bis 1977 war der Werdersee nur halb so lang wie heute. Damals war die Kleine Weser noch komplett tidenabhängig. Sie endete am Deichschartweg in Höhe des Deichscharts in der Neustadt und war eine langgezogene sackartige Bucht. Bei Niedrigwasser fiel sie trocken, bei Flut füllte sie sich mit Weserwasser.

Hinter dem Deichschartweg begann der Werdersee und reichte bis zur Erdbeerbrücke, weiter nicht. Unter dem Deichschartweg gab es nur eine ganz kleine Verbindung zwischen Kleiner Weser und Werdersee.

Aber das ist Vergangenheit. Die unberechenbare Weser hat jetzt mehr Platz, wenn es mal wieder brenzlig wird, und Hilfssheriff und ich können am Werdersee Strecke machen.

In letzter Minute

Wenn es das Viertel nicht mehr gäbe, würden Hilfssheriff und ich nicht diese umfangreichen Spaziergänge unternehmen. Wir hätten uns nicht kennengelernt. Wir würden hier gar nicht wohnen.

Aber das Viertel ist ja gottseidank noch da, wir auch, und heute machen wir einen großen Gang, zusammen mit Thea. Die Osterdeichwiesen haben wir hinter uns gelassen. Thea und Hilfssheriff sonnen sich auf einer Bank unterhalb des Weserstadions. Hilfssheriff erzählt die Trassenkampfgeschichte zu Ende, während Thea den B A L L durch die Gegend kickt und ich hinter ihm her rase. Hilfssheriff biegt jetzt erzähltechnisch in die Zielgerade ein. Der Schluss der Auseinandersetzung um die Mozarttrasse war der Hammer.

»Im Dezember 1973 stimmte die SPD-Bürgerschaftsfraktion für den Bau der Mozarttrasse, mit 28 Stimmen dafür und 26 dagegen. Die Zerstörung des Viertels war damit besiegelt.« »Wieso konnte die SPD-Fraktion das denn entscheiden?«, will Thea wissen. »Die SPD regierte damals allein in Bremen, das kann man sich heute auch gar nicht mehr vorstellen. Aber dann fand überraschenderweise eine neue Abstimmung statt, 18 Stunden danach, also noch nicht einmal einen Tag später. Die fiel komplett anders aus. Die Mozarttrasse war plötzlich vom Tisch.« »Eine völlig andere Abstimmung, nur wenige Stunden später, das ist ja ein Ding!«, wundert sich Thea. »Ja, das ist eine Sensation. Beim zweiten Votum stimmten alle Abgeordneten gegen die Trasse, bis auf elf, die enthielten sich. Plötzlich hieß es, Bremen könne den Bau der Trasse finanziell gar nicht stemmen, über Nacht waren die Kosten von 213 Millionen Mark auf über 500 Millionen Mark gestiegen. Plötzlich fehlten ausreichende Garantien vom Bund. In dieser Nacht müssen eine Menge bedeutsame Gespräche stattgefunden haben. Das Ende vom Lied: Die Trassenpläne konnten dank dieser sachlichen Begründungen begraben werden, ohne dass jemand sein Gesicht oder sein Amt verlor.«

Das ist toll. Toll ist auch, dass mein Begleitpersonal jetzt aufspringt und beseelt durch die Sonne dem kleinen Hundestrand zustrebt. An der Stelle ein Stückchen hinter dem Stadion nehmen alle Wasserfreunde unter den Hunden ein Bad. Ausgelassen schmeißt Hilfssheriff den B A L L in die Weser. Nicht so toll ist, dass sie ihn zu weit reinschmeißt. Trotz meiner frisch angeeigneten

Schwimm- und Tauchfähigkeiten entschieden zu weit für mich in der strömenden Weser.

Ein Drama bahnt sich an, der Verlust des B A L Ls an diesem herrlichen Nachmittag. Doch da taucht Buka auf, meine geliebte Labradorfreundin. Sie springt ohne zu zögern ins Wasser, schwimmt raus, schnappt sich den B A L L und bringt ihn mir sogar. Der Tag ist gerettet.

Kaiser Friedrich III.

Der Spaziergang fängt gut an: Richtung Theater, hinter dem Gerhard-Marcks-Haus über den Holzsteg. Hilfssheriff grinst, weil bei ihr wieder die Amrumer-Dünen-Bohlenweg-Gefühle einsetzen. Ich grinse, weil wir den direkten Weg auf die Altmannshöhe einschlagen, von hinten, den Rodelberg hoch. Hinter dem Kriegerdenkmal oben zieht Hilfssheriff den B A L L aus der Tasche und schmeißt ihn runter Richtung Kunsthalle. Ich rase hinterher, fange ihn in der Luft auf, und dann geht das Spiel von vorn los.

Exakt vier Mal. Dann sagt Hilfssheriff: »Ich hab' Hunger, Carlo, wir gehen zum Kaiser Friedrich.« Nein! Hilfssheriff kriegt in regelmäßigen Abständen einen Jieper auf Bratkartoffeln mit Spiegeleiern und Gurke. Die isst sie vorzugsweise im Gasthof zum Kaiser Friedrich im Schnoor-Viertel, »weil es da so viel zu gucken gibt, und lecker schmecken die da auch«. Gott, wie mir das auf den Senkel geht. Für mich gibt's da rein gar nichts zu gucken, für mich ist das eine völlig überflüssige Unterbrechung unseres gegenwärtigen sinnvollen Tuns.

Aber sie ist der Hilfssheriff. Sie bestimmt, wo es langgeht. Also schmeißt sie den B A L L jetzt nicht in Richtung Kunsthalle, sondern in Richtung Stadtbibliothek. Sie wartet auch nicht, bis ich wieder damit zurückkomme, sondern latscht gleich hinter mir her.

Beim Kitta-Baum veranstalten wir das B A L L gegen-Leckerli-Tauschgeschäft, das ich noch ein bisschen in die Länge ziehen kann. Aber dann zockeln wir los: Ostertorstraße, Dechanatstraße und links in die Straße Am Landherrnamt. Ich halte mich missmutig so weit wie möglich hinter ihr. Soll sie ruhig ein schlechtes Gewissen kriegen.

Das scheint heute aber nicht zu funktionieren. Im Gegenteil, der Anblick des 99-Tage-Kaiser Friedrich III. zu Pferde am Giebel der alten Gaststätte versetzt Hilfssheriff in großes Verzücken. Drinnen steigert sich das Verzücken noch. Natürlich können wir da jetzt nicht einfach nur rumsitzen und auf die Bratkartoffeln warten, also sie auf die Bratkartoffeln und ich darauf, dass wir aus dieser Lokalität endlich wieder verschwinden.

Nein, Hilfssheriff steht auf und guckt sich die vielen Fotos von den Leuten an, die hier schon gewesen sind. Das macht sie jedes Mal. Mich hat sie dabei im Schlepptau. Viele Promis und Politiker, deren Fotos an den Wänden hängen, kennt Hilfssheriff. Das ist ja alles so geschichtsträchtig hier. Das Haus ist 1630 gebaut worden, das Inventar seit Jahrzehnten fast unverändert. Hier haben schon ich weiß nicht wie viele Bürgermeister und Senatoren gesessen und auf der Bremer Lokalpolitik rumgekaut.

Ich kann förmlich sehen, wie das alles an Hilfssheriffs innerem Auge vorbeizieht. Jetzt bin ich es, der sehnsüchtig auf die Bratkartoffeln wartet, damit dieser ganze Kram so schnell wie möglich ein Ende hat.

Das Ende kommt, nachdem Hilfssheriff Bratkartoffeln, Spiegeleier, Gurke und Karottensalat erfolgreich vernichtet hat. Es fällt sehr positiv aus. Es besteht aus drei Lieblingsleckerlis als Belohnung für die Warterei und einem Gang durch den Schnoor-Tunnel zu den Weserwiesen. Dort habe ich noch eine geschlagene Stunde ziemlich viel Spaß mit anderen Hunden.

English speaking?

Dreht Hilfssheriff jetzt durch? Gerade sind wir die autofreie Mittelstraße ins Milchquartier runtergelaufen.

Hilfssheriff hat mich vorher zum ich weiß nicht wievielten Male vor die Schaufenster des Bekleidungsgeschäftes Von der AA am O-Weg gezerrt. »Das gibt es schon eine gefühlte Ewigkeit«, behauptet sie. Früher hatten die im Wesentlichen Berufsbekleidung. Jetzt gibt es da schon viele Jahre auch Natur-bekleidung aus Wolle und anderen feinen Materialien und Maritimes. Und deshalb guckt Hilfssheriff da gerne in die Schaufenster. Gott, wie mir das auf den Keks geht.

Das haben wir für heute aber hinter uns und ich checke am Ende der Mittelstraße, ob Wolfgang Biller, der Wirt vom Pauls Kloster, anwesend ist, um mir ein Leckerli anzureichen. Zu meiner Enttäuschung ist das nicht der Fall.

Damit ich jetzt nicht gänzlich schlechte Laune kriege, mache ich mich umgehend auf den Weg über die Straße in Richtung der kleinen Grünanlage beim Kulturzentrum KUBO. Aber da ist Hilfssheriff davor. »Nein!«, schreit sie, als ich einen Fuß auf die Fahrbahn setze. Oh, sorry, ich vergaß. Niemals ohne Hilfssheriff die Straße betreten, ein eisernes Gesetz. Ich ziehe meinen Fuß wieder zurück. Und was macht Hilfssheriff? Sie sagt: »You'll never walk alone!«

Ja, ist die jetzt völlig übergeschnappt. Will die auch noch Englisch mit mir sprechen? Fallen wir vielleicht in die Großzeiten der Sanyasins zurück? Hilfssheriff hat mal erzählt, dass in den achtziger Jahren deutsche, rot gekleidete, dem Guru Bhagwan anhängende Eltern, ihren Kindern auf den Spielplätzen vorzugsweise Regieanweisungen auf Englisch erteilt haben. Hilfssheriff fand das damals im höchsten Maße seltsam. Will sie das jetzt vielleicht mit mir ausprobieren?

Oder möchte sie mich aufmuntern? So wie Fußballfans die Hymne »You'll never walk alone« von Gerry and the Peacemakers singen, wenn es nicht so läuft oder schlimme Dinge passiert sind, wie Todesfälle im Stadion. Will sie mir mit ihrem Englisch-Sprech vielleicht zu verstehen geben, dass ich nicht den Kopf hängen lassen soll, auch wenn ich langweilige Schaufensterguckminuten durchstehen und auf Wolfgang Billers ausgestreckte Leckerli-Hand verzichten muss?

Ach, vermutlich ist alles viel simpler: Ich soll wirklich niemals allein auf die Straße gehen. Okay, mach ich. Schon damit ich mir nie wieder so einen Schwachsinn anhören muss.

Frühlingserwachen

Krach, krach, krach, es geht auf den Frühling zu. »Krach, krach, krach«, sowas denkt Hilfssheriff immer, wenn sie die ersten aufgehenden Blüten und Knospen sieht. Das erscheint mir völlig absurd. Ich meine, der Vorgang sich öffnender Blüten und Blätter ist ja noch nicht mal für meine sensiblen Hundeohren wahrnehmbar. Hilfssheriff scheint aber im Frühjahr ohnehin nicht ganz zurechnungsfähig zu sein. Schon auf dem Weg an die Weser kriegt sie euphorische

Anfälle. Schneeglöckchen und die ersten Krokusse in den Vorgärten lösen eine für mich nicht nachvollziehbare Begeisterung bei ihr aus. An einer besonders sonnigen Stelle ist sie heute ganz verzückt stehen geblieben: »Guck mal, Carlo«, hat sie zu mir gesagt, »die ersten Osterglocken.«

Gott ja, mich interessieren diese ganzen Blümchen eher nicht. Es sei denn, sie riechen nach einem anderen Hund. Dann pinkel ich drauf, damit klar ist, dass ich da war.

Hilfssheriff ist auch völlig aus dem Häuschen, weil sie die ersten blühenden Zierkirschbäume entdeckt hat. Der auf dem großen Spielplatz in der Bleicherstraße blüht schon. Da rennen wir jetzt jeden Tag vorbei, damit Hilfssheriff sich diesen »zartrosa Traum« angucken kann. Von da nehmen wir den Bleicherpad, einen schmalen versteckten Weg zwischen den Gärten bis in die Deichstraße, und dann sind es nur noch ein paar Meter zum Osterdeich hoch.

Im Bleicherpad gibt es jede Menge zu schnüffeln. Und für Hilfssheriff gibt es jede Menge zu gucken, natürlich Blümchen, gelbe Winterlinge, aber auch eine dicke alte Buche, die mitten auf dem Weg steht und ein Stück Mauer aus dem alten Weserdeich, dem Punkendeich. »Der verlief früher hier«, sagt Hilfssheriff, »der lag viel weiter zurück als der jetzige Osterdeich.« Ein Teil dieses Mauerstücks steht inzwischen allerdings so schräg, dass Hilfssheriff befürchtet, dass es irgendwann umkippt.

Das Kinderprojekt

»Heute machen wir was ganz Neues«, kündigt Hilfssheriff an. Sie hat ihre Freundin Marianne im Schlepptau. »Wir besuchen den Sportgarten in der Pauliner Marsch.« Nicht schlecht. Pauliner Marsch bedeutet ausgedehnter Spaziergang.

Beim Tier- und Landschaftsprojekt des Sportgartens unterhalb vom Gasthaus Jürgenshof treffen wir Hilfssheriffs Sohn Jan. Der hat den Sportgarten mit aufgebaut und viele Jahre dort gearbeitet. Er will Marianne alles zeigen.

Ich muss das hier nicht besichtigen. Ich gucke mir das gerne von der anderen Seite des Zauns an. Mit großen Tieren wie Pferden, Eseln und Ziegen wünsche ich keinen direkten Kontakt.

Wie es aussieht, schleppen die mich jetzt aber tatsächlich mit auf das Gelände. Drei Esel stehen auf der vorderen Wiese. Die grasen und interessieren sich gottseidank nicht für uns. »Das da ist die alte Stute Greta. Die beiden anderen sind ihre Kinder Moritz und Anton«, erzählt ein Betreuer. Mir doch egal, wie die heißen. Ich will hier nur wieder weg.

Jetzt kommt von hinten eine Ziege angewackelt. »Die heißt Rana, sie ist superneugierig«, sagt ein Betreuer. Hilfe, die soll mir mal schön vom Leib bleiben mit ihren Hörnern. Erfreulicherweise rennt sie hinter einem Jugendlichen her, über einen schmalen Metallsteg, der über den Öko-Teich auf eine kleine See-Insel führt. »Jetzt musst du schneller laufen«, ruft der Betreuer dem Jugendlichen zu und lacht. »Die beiden Ziegen sind ziemlich selbstbewusst und können ganz schön frech werden«, sagt Jan. Na, vielen Dank, wir sollten hier schnell wieder abhauen.

Nee, Hilfssheriff und Marianne wollen unbedingt den Rundgang auf dem Ökopfad um den Teich machen. Auf mehreren Schildern gibt's Erklärungen zu den Pflanzen und Tieren und zum Teich. Gottseidank lesen die das nicht alles durch. Das würde ewig dauern.

Neben dem Teich steht ein Bienenstock. Ein großes gelbes Schild »Vorsicht Bienen« weist auf ihn hin. Hilfssheriff ist ganz entzückt von den Schmetterlingen, die hier herumfliegen. »Das ist ja schön hier, eine richtige Naturoase«, säuselt sie.

Im Prinzip ist das auch ein spannendes Schnüffelareal. Wenn ich mich nicht ständig nach dieser Ziege umgucken müsste, könnte ich das hier richtig genießen.

Jan fängt an, Geschichten über den Sportgarten zu erzählen. »Lasst uns mal in den Schuppen gehen«, sagt er. »Carlo hat Schiss vor der Ziege.«

Also so krass muss er das jetzt auch wieder nicht ausdrücken. Im reetgedeckten Schuppen fühlt es sich aber tatsächlich entspannter an. Ich lege mich hin. Soll er seine Geschichten erzählen.

Teichpflege

»In einer Ferienaktion haben wir mit den Kindern ein Floß für die Pflege des Sportgarten-Teichs gebaut, eine Holzplankenkonstruktion auf blauen Plastiktonnen, eigentlich Chemikalienbehälter. Mit dem Floß sind wir sogar auf dem Werdersee rumgedümpelt. Aber in dem flachen Teich hier ist das Floß stecken geblieben«, erzählt Jan.

Das Schilf im Teich muss richtig in Schach gehalten werden, sonst wächst der See komplett zu. Ausreißen darf man es nicht, weil man dann den wasserdichten Grund des Teichs zerstören würde. Inzwischen gehen Jugendliche mit Wathosen, die bis zum Bauch reichen, in den Teich, um Schilf abzuschneiden. »Das ist zwar keine beliebte Arbeit, gehört aber dazu und hat sich als praktikabel bewährt«, sagt Jan.

Auf dem Weg zu den Pferdeweiden kriege ich wieder Rana, die dreiste Ziege in den Blickwinkel. Sie knabbert bei den Eseln an Ästen rum, schön weit weg von uns.

Auf mehreren Weiden grasen insgesamt fünf Pferde. »Wenn eine Weide abgegrast ist, wird die nächste aufgemacht. Als Unterstand haben die Pferde einen offenen Stall. Es sind auch Sandflächen da, wo die Pferde sich wälzen können, und natürlich ein Reitplatz«, erzählt ein Betreuer.

Eine Katze soll es hier auch geben. Die scheint aber gerade anderweitig beschäftigt zu sein. »Manchmal kommt sogar ein Fuchs vorbei«, sagt Jan. »Dies ist der ruhige Teil des Sportgartens hier in der Pauliner Marsch. Hier können die Kinder einfach mal runterkommen, die Pferde pflegen und reiten, Baumhütten bauen und sich unter Bäumen und Gebüsch verstecken. Nebenbei lernen sie ganz viel über die Zusammenhänge in der Natur.«

Das ist toll, das ist fein, das freut mich für die Kinder, aber jetzt sollten wir endlich wieder hier verschwinden. »Kommt«, sagt Jan, »ich zeig' euch den anderen Teil des Sportgartens.« Und ab geht's. Tschüß Rana, du blöde Ziege!

Ein Garten in Bewegung

»Guckt' mal«, sagt Jan, »auf dem Basketballplatz spielen drei kleine Gruppen nebeneinander, völlig stressfrei. Richtigen Stress hat es im Sportgarten noch nie gegeben. Für Stress gibt es hier null Toleranz. Wer Stress macht, muss gehen.«

Nur ein paar Meter von dem Naturgelände mit der dreisten Ziege entfernt, donnern Skater, BMX-Radfahrer und Jugendliche auf kleinen Rollern über diverse teils überdachte Rampen. Kinder hüpfen auf einem Riesentrampolin herum, andere kraxeln am Kletterfelsen. Davor treten zwei Mannschaften auf dem Beachvolleyballfeld gegeneinander an. Auf zwei von den vier Kunstrasenplätzen spielen Jugendliche und Erwachsene Fußball.

Ich finde das hier auch nicht stressig, obwohl es viel lauter ist als drüben auf der Wiese und alle ziemlich in Aktion sind. Zumindest gibt es hier keine freilaufende Ziege. Eine Mutter macht es sich gerade auf der kleinen Rasenfläche neben dem Streetrampen-Bereich bequem. Die scheint der Lärm auch nicht zu stören.

»Hier ist für fast jeden was dabei«, sagt Jan. »Obwohl die Skater und Rollerfahrer und BMX-Fahrer sich voneinander abgrenzen, weil alle ihre eigene Welt und Ideologie haben, läuft das hier.« »Auf dem großen Trampolin springen immer Kinder herum, wenn wir hier vorbeigehen«, sagt Hilfssheriff. »Das Trampolin kostet einen Euro pro Tag«, sagt Jan. »Für einen Euro können sich die Kinder hier einen ganzen Tag auspowern und werden dabei beaufsichtigt.«

Drei Betreuer sind auf diesem Gelände unterwegs. In der Mitte steht ein Kiosk. Über dem Kiosk können Jugendliche auf Bänken auf einer großen Terrasse einfach nur abhängen. »Wenn während der Ferienprojekte das Wetter schön ist, dann essen alle da oben«, erzählt Jan.

Natürlich rennen wir da jetzt auch rauf, natürlich müssen wir da eine Weile in der Sonne rumsitzen, aber dann geht's endlich weiter. Vom Sportgarten zurück ins Viertel, ein ausgedehnter sonniger Spaziergang.

Kinderpolitiker

»Früher lagen hier einfach nur große Wiesen. Ich konnte mir nicht so recht vorstellen, was das eigentlich werden sollte, ein Sportgarten«, sagt Hilfssheriff. Marianne hat das Sportgartenprojekt heute erst kennengelernt. Hilfssheriff hat die Entstehung des Sportgartens hautnah miterlebt, weil ihre beiden Söhne und viele von deren Freunden daran beteiligt waren. »Los ging das eigentlich im Kinderhaus, im Lagerhaus in der Schildstraße, quasi bei uns nebenan«, erzählt sie. Uli Barde, der Leiter des Sportgartens war damals Leiter des Kinderhauses, einer Kinder- und Jugendinitiative im Viertel. Die vielen Jugendlichen im Kinderhaus brauchten dringend Platz und Bewegungsmöglichkeiten draußen. Die Idee des Sportgartens entwickelte sich im ersten Bremer Kinder- und Jugendparlament, gegründet vom Ortsamt Mitte und dem Bürgerhaus Weser-terrassen. Die Kinder und Jugendlichen haben sich viele Aktionen überlegt, um Geld und Unterstützung für ihren Sportgarten zu kriegen. Es gab riesige Solidaritätsläufe mit ganzen Schulklassen, bei denen Geschäftsleute des Viertels und auch Privatmenschen Patenschaften übernahmen und pro gelaufenem Kilometer eine verabredete Summe Geld gespendet haben. »Jan ist mal mit einem anderen Jugendlichen auf einer Bühne des Viertelfestes gegen Henning Scherf und einen weiteren Politiker auf einem Standfahrrad angetreten. Da ging es um das Metall für die große Überdachung über den Skater-Rampen. Die Jugendlichen haben das Geld für den Stahl in dem Wettkampf gewonnen. Der Stahl kam damals von der in Konkurs gegangenen Vulkan-Werft.«

Im Sportgarten kann jeder mitmachen, Ideen einbringen und Aufgaben übernehmen. Die Jugendlichen entwickeln zusammen mit dem Team aus zwei Pädagogen, Auszubildenden, Praktikanten, Übungsleitern und Freiwilligen immer etwas Neues, Turniere, Konzerte, andere Veranstaltungen.

Der Sportgarten ist schon lange ein Vorzeigeprojekt und Modell für andere Städte, nicht nur in Deutschland. In Durban in Südafrika, einer der Partnerstädte Bremens, entsteht ein Sportgarten nach Bremer Vorbild. Zwischen den Sportgartenakteuren aus Durban und Bremen gibt es enge Kontakte und gegenseitige Besuche. Aber jetzt ist es gut mit den Sportgarteninfos. Hilfssheriff zieht endlich den B A L L aus der Tasche und schleudert ihn über den Weg Richtung Heimat.

Ähnlichkeiten

Als Hilfssheriff revolutionstechnisch im Ruhrgebiet unterwegs war, wohnten in ihrer Siedlung zwei Sheriffs, die fast genauso aussahen wie ihre Hunde. Der eine war ein eher bulliger Typ, der hatte einen Rottweiler und die andere war eine Frau mit hochtoupierten blonden Haaren, die hatte einen frisierten weißen Pudel. »Wenn die auf ihren Kissen im Fenster rumlagen, um die Leute zu beobachten, jeweils der Hund neben seinem Sheriff, dann konnte man die aus der Ferne nicht auseinander halten«, erzählt Hilfssheriff. »Wir haben uns einen Spaß daraus gemacht, zu raten, wer der Hund und wer der Sheriff ist.«

Manche Hunde werden ihren Sheriffs sehr ähnlich. Vielleicht ist es auch umgekehrt: Manche Sheriffs werden ihren Hunden immer ähnlicher. Oder diese frappierende Ähnlichkeit liegt daran, dass die zukünftigen Sheriffs schon bei der Anschaffung eines Hundes eher auf ähnliche Typen wie sie selbst stehen.

Es gibt aber auch Ausnahmen. Manchmal begegnen wir in der Pauliner Marsch an der Weser einem großen breitschultrigen Mann mit einer winzigen Terrierhündin. Diese Terrierhündin ist besessen davon, einer Frisbeescheibe, die etwa so groß ist wie sie selbst, hinterherzujagen. Ihr Sheriff muss die Scheibe mitten in die Weser schmeißen und die Terrierhündin holt sie wieder raus. Immer und immer wieder. Wehe, er macht das nicht, dann hört diese Handvoll Hund gar nicht wieder auf zu bellen und zwar in einer hysterisch hohen Tonlage. »Guck mal Carlo«, sagt Hilfssheriff jedes Mal, wenn die beiden auftauchen, »da kommt wieder das Energiebündel. Dieser Hund würde mich um den Verstand bringen.«

Tja, sie kann echt froh sein, dass sie mich hat, mich, den entspannten, nicht bellenden Pudel Carlo. Ein Hund, der zwar auch von seinem B A L L besessen ist, aber nicht erwartet, dass ihn ständig jemand in die Weser oder sonstwo hinschmeißt. Ein Hund, der sich stundenlang selbst mit seinem Spielgerät beschäftigen kann, es hin und her kickt, mit den Krallen wegschnipst und den Deich und die Fährenrampe runterrollen lässt.

Drama in Novembersonne

Novembersonne, allseits gute Laune und knapp an der Katastrophe vorbei, die Zusammenfassung unseres heutigen Spaziergangs. Hilfssheriff und ich wandern hinter dem Gerhard-Marcks-Haus auf den Holzbohlenweg (auf dem bei Hilfssheriff immer die Amrumer Dünenbohlenweg-Gefühle ausbrechen) über den Wallgraben und erklimmen die Altmannshöhe zum Kriegerdenkmal.

Das Kriegerdenkmal ist ein Überbleibsel aus der NS-Zeit, eine verklinkerte Ringmauer zum Gedenken an die Gefallenen des Ersten Weltkriegs mit etwa 10.000 Namenssteinen, in der Mitte ein Steinblock, wie ein Altar. Die Namenssteine der vor 1933 in Auseinandersetzungen umgekommenen Nationalsozialisten sind nach 1945 entfernt worden. Die Namenssteine der an der Niederschlagung der Bremer Räterepublik beteiligten Gefallenen sind dringeblieben. Das Mahnmal ist schon deswegen sehr umstritten und ein Anziehungspunkt für Rechts- und Linksradikale. Aus dem Grund hat die Stadt das Mahnmal mit einem Gitter verschlossen. Dieses Gitter löst die Beinahe-Katastrophe aus.

Der Platz vor dem Mahnmal ist sonnenüberströmt. Alle sieben Bänke mit Blick auf die Weser sind besetzt. Die Leute genießen mit Thermoskanne und Butterbrot ihre Mittagspause. Die steinerne Mutter mit ihren beiden Kindern guckt milde und traurig in Richtung Denkmal. Der große und der kleine Ahornbaum leuchten mit gelben Blättern um die Wette und Hilfssheriff kickt den B A L L. Wo kickt sie ihn hin? Hinter die Absperrung! Katastrophe!

»Oh«, schreit sie und hält sich die Hand vor den Mund. »Wie kriegen wir den da jetzt wieder raus?« Der B A L L liegt hinter der Absperrung auf der zweiten von vier flachen Stufen, die in das Rondell führen. Da ist er im Herbstlaub hängengeblieben. Ich kann ihn riechen, aber in dem bunten Laub kann man ihn fast gar nicht erkennen. Hilfssheriff findet unter dem großen Ahornbaum einen langen Stock. Aber sie reicht damit nicht an den B A L L heran, auch wenn sie ihren Arm ganz lang ausstreckt. Ich verliere jetzt langsam die Nerven und fange laut an zu winseln. »Bleib' mal locker«, versucht Hilfssheriff mich zu beruhigen, »wir kriegen den da schon wieder raus.« Die hat gut reden, die muss sich selber mal sehen, wie sie die Nerven verliert, wenn es bei Werder mal wieder schlecht läuft. Und da geht es um einen wildfremden B A L L, mit dem sie niemals selbst eine innige Beziehung eingegangen ist.

»Komm«, sagt Hilfssheriff, »wir suchen einen dicken Ast.« Wir finden sogar einen passenden, bei einem gefällten und zersägten Baum unten im Park. Er ist so groß und schwer, dass Hilfssheriff ihn kaum schleppen kann. Sie schiebt ihn durch das Gitter und lässt ihn auf den B A L L fallen, beziehungsweise auf die Stelle im Laub, wo sie den B A L L vermutet. Mehrere Anläufe, den B A L L durch Drücken und Ziehen die Stufe rauf zu bugsieren, schlagen fehl. Hilfssheriff schwitzt und keucht, ich winsele.

Nach und nach zieht sich Hilfssheriff Schal, Jacke und Pulswärmer aus und hängt sie ans Absperrgitter. Gefühlte fünf Stunden später (jetzt benutze ich auch schon ständig diese beknackte Redewendung) rutscht der Ball endlich eine Stufe höher. Jetzt kann Hilfssheriff ihn mit dem Stock zu uns heranziehen.

Puh, wir sind knapp der Katastrophe entgangen.

Sanierung

Da vorne steht wieder ein Trupp Touristen herum. Alle schauen andächtig an den Häusern hoch und lauschen den Worten der Fremdenführerin. Die typische Bremer Haus-Architektur im Viertel ist berühmt. Ihre gelungene Verbindung mit modernen Bauten begeistert insbesondere Architekten.

Erst sollte das alles weg, das Schnoorviertel übrigens auch, jetzt ist es ein Magnet für Auswärtige. Hilfssheriff freut sich, wenn Touristen hier durchflanieren. Für sie ist das ein später Triumpf. Mir ist das egal, solange die mir beim Schnüffeln nicht im Weg rumstehen.

Hilfssheriff und ich lieben es, durch das Ostertor- und Steintorviertel zu stromern. Wir entdecken beide jedes Mal etwas Neues, ich als Bodenarbeiter beim Herumschnüffeln an Häusern, Bäumen, Hecken und Laternen und Hilfssheriff als Hans Guck-in-die-Luft an den Gebäuden, in den kleinen Grünanlagen und Gärten und den inzwischen hochgewachsenen Bäumen.

Nach dem Aus für die Mozarttrasse haben die Bewohner Stück für Stück ihre Häuser renoviert, mit der Unterstützung durch die Stadt Bremen.

Nach und nach veränderte sich das Bild. Die Stadt pflasterte Straßen und Straßenteile hoch. Aus bei Autofahrern beliebten Abkürzungen und Ampelumgehungen wurden Einbahnstraßen.

»Ich war schon oft am Ostertorsteinweg unterwegs. So ein beschauliches Quartier direkt dahinter habe ich nicht vermutet«, sagt eine der Teilnehmerinnen der Viertel-Führung.

Versöhnung«

»Du kennst doch Koschnik, Hans Koschnik, unseren ehemaligen Bürgermeister«, fragt Hilfssheriff. Klar kenn ich den, allerdings nicht persönlich. Aber mich meint sie gar nicht. Sie meint Marianne, die heute wieder mit uns durchs Viertel turnt. Marianne kennt den natürlich auch, allerdings auch nicht persönlich. »Die Bremer verehren den sehr. Aber damals, als es um den Bau der Mozarttrasse ging und damit um die Zerstörung des Viertels, da wollte er das unbedingt durchziehen. Er war Bürgermeister«, erklärt Hilfssheriff. »2009, also Jahrzehnte später, machte Koschnik dann was richtig Gutes.«

Ah ja, wir sind mal wieder bei der Trassengeschichte angelangt. Die hat ja schon einen Bart, der bis in den Keller reicht. Was Koschnik 2009 gemacht hat, das weiß ich aber auch nicht.

»2009 erhielt die Gruppe, die damals führend gegen die Mozarttrasse angetreten ist, die AKO, die Bremer Auszeichnung für Baukultur, erzählt Hilfssheriff. »36 Jahre nach der Rettung des Viertels.« »Was ist daran so besonders?«, fragt Marianne. »Das wurde doch langsam mal Zeit, dass die eine Anerkennung kriegen.« »Das Besondere war, dass Hans Koschnik die Laudatio hielt«, sagt Hilfssheriff. »Damit hat er offiziell zugegeben, dass er sich damals geirrt hat. Das haben die Bremer, vor allem seine ehemaligen Gegner, Hans Koschnik hoch angerechnet«, sagt sie. »Das zeigt natürlich Größe«, findet Marianne.

Okay, Supertyp dieser Koschnik. Hilfssheriff könnte natürlich noch viel mehr über den erzählen. Der hat ja häufiger in seinem Leben Größe bewiesen. Aber das soll sie mal schön bleiben lassen. Die beiden reden und reden und bewegen sich dabei nur im Schneckentempo voran. Es kann jetzt ruhig mal ein bisschen schneller gehen.

Herbstzauber

»Schietwetter heute, Carlo«, begrüßt Hilfssheriff mich. Aber dann kommt alles ganz anders. Nicht dass sich das Wetter ändert, das nicht. Im Gegenteil, die feuchte Luft entwickelt sich zum Nieselregen. Aber Hilfssheriff bekommt trotzdem im kleinen Park zwischen St.-Pauli-Straße und Bleicherstraße euphorische Anfälle.

»Guck' mal, Carlo«, sagt sie zu mir, »wie schön«. Wem sagt sie das, für mich ist es draußen bei so ziemlich jedem Wetter schön. Aber sie meint die Farben, die Herbstfarben, die ich ja gar nicht so sehe wie sie. Ich bin ein Hund und sehe die Welt weniger farbig, nur in Tönen von Blau und Gelb und Grau, behaupten jedenfalls die Menschen. Bestätigen kann ich das nicht. Ich sehe einfach so wie ich sehe, wie ein Hund eben.

Aber Hilfssheriff ist ein Mensch und sieht viel mehr Farben. Sie steht also völlig verdattert auf dem Weg neben dem kleinen eingezäunten Spielplatz des Kindergartens beim Kubo im Milchquartier und kann es nicht fassen. Was sie nicht fassen kann, das muss ich erst mal rausfinden. Riechen tat das hier im Großen und Ganzen so wie immer, nur eben heute besonders feucht. Aber dann erzählt sie es mir auch schon. Wie gut, dass diese Frau so ein enormes Mitteilungsbedürfnis hat.

»So ein schönes gelbes Licht«, stammelte sie vor sich hin. Ah ja, das muss irgendwas mit der Laubfärbung zu tun haben. Auf dem Spielplatz stehen mehrere große Ahornbäume. An denen hängen zwar noch viele Blätter, aber viele hat der Herbstwind auch schon heruntergeweht. Diese Blätter sind jetzt gelb und deshalb leuchtet der Platz in gelben Farben. Ich sehe ja sowieso ganz viel Gelb, aber Hilfssheriff nicht. Mit so viel Gelb hat sie bei diesem grauem Bremer Schietwetter wohl nicht gerechnet. Hilfssheriff hat, im Gegensatz zu mir, ein ziemlich romantisches Verhältnis zur Natur.

Gottseidank kann sie sich aber doch wieder von diesem Bild losreißen. Wir stiefeln noch weiter durch den Bleicherpad, wo sie unter der großen Buche stehen bleibt und fasziniert in die verwinkelte massige Baumkrone hochguckt.

Und obwohl aus dem Nieselregen richtiger Regen geworden ist und hier wirklich alles grau aussieht (bis auf die winzigen durchsichtigen Regentropfen an den grünen Grashalmen, wie Hilfssheriff schon wieder vor sich hin zu schwadronieren beginnt), jage ich noch eine halbe Stunde dem B A L L hinterher. Bewegung ist schließlich das halbe Leben.

Tee- und Kaffeeduft

Hilfssheriff hat große Schwierigkeiten, am Kaffee- und Teeladen Hemken am Dobben einfach so vorbeizugehen. Der Duft, der aus diesem Laden strömt, hat eine magische Sogwirkung auf sie. Ihre Nase schwenkt Richtung Laden und schleift ihren Körper quasi hinterher. An ihrem Körper, genauer gesagt an ihrer Hand, hänge ich, an der Hundeleine.

Das Dumme ist, Hunde dürfen nicht mit rein in das Geschäft. Also bindet sie mich direkt vor der Tür fest und betritt quasi rückwärts den Laden. Sie greift sich eine Packung Tee aus dem Regal, ohne mich aus den Augen zu lassen und dreht sich auch beim Bezahlvorgang alle zwei Sekunden um. Einen entspannten Eindruck macht das nicht. Aber Hilfssheriff befürchtet, dass mich jemand klauen könnte, deshalb das Theater. Geklaut werden möchte ich nicht. Mein Betreuungspersonal kommt mir zwar streckenweise ziemlich crazy vor, aber gegen andere eintauschen will ich die nicht.

Hemken ist einer von Hilfssheriffs Lieblingsläden im Viertel. Der Laden existiert seit 1973, aber schon seit 1951 röstet Hemken Kaffee und versendet Tee und Kaffee in alle Welt. Die Regale sind komplett bestückt mit unzähligen Behältern voll Kaffee- und Teesorten. In einem abgetrennten Bereich des Verkaufsraums steht die Kaffee-Röstmaschine, die häufig in Benutzung ist. Es gibt bei Hemken auch besondere Bonbons und Kekse zu kaufen und Zubehör wie Teefilter- und netze und schöne Blechdosen. Hundekuchen haben die allerdings nicht.

Wenn Hilfssheriff ohne mich unterwegs ist und zu dem Laden geht, freut sie sich, wenn sie in der Schlange warten muss. Sonnabendvormittags ist das in der Regel der Fall. Dann kann sie besonders lange den süßlichen betörenden Duft im Laden riechen. Sie würde auch nie auf die Idee kommen, mehr als eine Packung Tee oder Kaffee zu kaufen. Dafür geht sie da viel zu gern rein. Sie kauft immer nur ein Teil und kommt dann bald wieder und holt das nächste.

Heute ging es wirklich ruckizucki. Dann kam wieder, was kommen musste. Wir gehen in Hilfssheriffs Wohnung, damit sie den Tee nicht mit rumschleppt. Sie veranstaltet natürlich wieder das übliche hilfssheriff-typische Hin-und Her-Gerenne. Inzwischen lege ich mich gleich irgendwo auf den Teppich, wenn wir bei Hilfssheriff zuhause reingehen. Warum soll ich da rumstehen und warten, wenn ich weiß, dass es mindestens 15 Minuten dauert, bis wir wieder raus marschieren.

Ich bin eben der lässige entspannte Typ. Warum soll ich mich über Dinge aufregen, die so sind, wie sie sind?

Kleine Weser, große Weser

Was hat Hilfssheriff vor? Wir sind mit Marianne unterwegs. Am Osterdeichende des Kunsttunnels wenden wir uns nach rechts, Richtung Innenstadt. Das bedeutet Pflastertreten, vielen Dank. Das können die alleine machen. Ich zottele betont lahm hinter ihnen her. Aber schon beim Martinianleger bessert sich meine Laune. Wir gehen die Rampe hoch. Da stehen zumindest ein paar Bäume rum, an denen ich Pi-Mails lesen und hinterlassen kann.

Als wir auf die Teerhofbrücke zum Stadtwerder abbiegen, fragt Hilfssheriff: »Wie findest du das, Carlo, wir gehen an den Werdersee?« Wie ich das finde? Sensationell! Ich trabe wieder weit voraus. Ein kleines Stück links über den Teerhof, und dann wieder rechts. Wir erreichen die Brücke über das Wehr in der Kleinen Weser.

Etwa 300 Meter vor diesem Wehr zweigt die Kleine Weser von der großen Weser ab, das kann man von hier aus sehen. Das Wehr macht die Kleine Weser tidenunabhängig. Bis hierhin herrschen in der Kleinen Weser wie in der großen Weser Ebbe und Flut. Hinter dem Wehr ist damit Schluss.

Hier stehen wir erst mal ein bisschen rum. Hilfssheriff und Marianne gucken voller Bewunderung den Enten zu. Sie hocken auf dem kleinen Wehr im fließenden Wasser. Wie schaffen die es, das Grün unter Wasser abzugrasen, ohne von dem schrägen glitschigen Wehr herunterzurutschen? Das werden wir hier und heute wohl nicht klären können.

Flusswanderung

Selbst das Wehr ist manchmal wehrlos. »Im November 2007 hat eine Sturmflut Wasser aus der Weser über das Wehr hinweg in die Kleine Weser und damit in den Werdersee gedrückt. Im Ergebnis standen die Wiesen ganz am Ende des Werdersees in Habenhausen unter Wasser«, erzählt Hilfssheriff.

Das ist ja ein Ding. Die normalerweise friedlich vor sich hin plätschernde Weser kommt mir ziemlich unberechenbar vor. Wir marschieren an der in der Sonne glitzernden Kleinen Weser entlang. Erst unter der Wilhelm-Kaisen-Brücke durch und dann über einen lauschigen schmalen Weg direkt am Wasser bis zur Fußgänger-und Fahrradbrücke beim Deichschart in der Neustadt. »Hier wird aus der Kleinen Weser der Werdersee«, sagt Hilfssheriff. Aha, erkennen kann man das nicht. Der Werdersee sieht hier genauso aus wie die kleine Weser, wie ein nicht allzu breiter Fluss.

»Ganz am anderen Ende des Werdersees in Habenhausen gibt es noch einen Zufluss aus der Weser in den See, eine Verbindung zur Oberweser, über ein Siel«, erklärt Hilfssheriff. Aber so weit wollen wir heute nicht laufen. Das heißt, ich natürlich schon, aber Hilfssheriff und Marianne nicht.

Immerhin wandern wir noch weiter bis zu einer kleinen Bucht, und die beiden schmeißen ein paar Mal den B A L L für mich ins Wasser. Ende September badet niemand mehr hier, außer mir. Der Werdersee sieht hier auch aus wie ein See, viel breiter als die Kleine Weser.

Plötzlich guckt Hilfssheriff erschrocken auf ihre Uhr. »Wir müssen zurück«, ruft sie.

Den Rückweg kürzen wir ab, durch die Kleingärten zum Café Sand. Von da aus gondeln wir mit der Fähre über die große Weser zurück zum Osterdeich.

Stadt am Strom

»Angesichts der Kapriolen, die die Weser bei Hochwasser und Sturmfluten schon gedreht hat, kann ich mich nur an den Kopf fassen, wenn ich so etwas höre«, schimpft Hilfssheriff. Was liegt an? Was hat sie denn gehört? Aha, irgendjemand hat mal wieder das Überflutungsgebiet auf dem Stadtwerder als Bauland ins Gespräch gebracht, ein Thema, das Hilfssheriff grundsätzlich wild macht.

Hilfssheriff liebt die Weser, wie die meisten Bremer. Die Weser prägt die Stadt, die sich zu beiden Seiten neben ihr entlangstreckt. Hilfssheriff liebt die Weser sogar, wenn sie ihre Kapriolen schlägt. Ich glaube, sie liebt sie dann ganz besonders. Sie rennt mit mir zum Osterdeich und zur Schlachte und guckt sich begeistert an, wie die Weser auf doppelte Breite angeschwollen ist und vom Fahrkartenhäuschen am Martinianleger nur noch die obere Hälfte aus dem Wasser guckt.

Die Weser ist eben ein Fluss, der mit dem Meer verbunden ist. Jetzt müssen sogar die Deiche auf der Neustadtseite der Kleinen Weser erhöht werden, weil der Meeresspiegel steigt. Schöne Platanenalleen mit alten hohen Bäumen werden dafür eventuell weichen müssen.

Parallel dazu soll die Weser tiefer ausgebaggert werden, um mehr Tiefgang für größere Schiffe zu schaffen. »Wenn dann bei Sturmflut der Wind in die Wesermündung drückt, wird das die Gewalt des Wassers und vor allem die Geschwindigkeit, mit der es durch das Flussbett rauscht, noch erhöhen«, befürchtet Hilfssheriff. Sie versteht nicht, warum Städte wie Hamburg und Bremen mit ihren Häfen gegeneinander konkurrieren. »Das sind doch keine privatwirtschaftlichen Betriebe, das sind Gemeinwesen«, schimpft sie. »Warum können die sich nicht untereinander absprechen?«

Oha, oha, die ist ja richtig schlecht drauf heute. Dabei scheint die Sonne, die Weser glitzert, alles bestens. Jetzt wühlt sie endlich den B A L L aus ihrem Rucksack und schmeißt ihn mit Schmackes die Osterdeichwiesen runter. Das ist gut, das ist sogar sehr gut, eine perfekte Methode, um ihren Ärger abzureagieren und mir Gelegenheit zum Rennen zu geben.

Fahrradkultur

In Bremen wimmelt es von Radfahrern. Viele Leute in Bremen wickeln alles mit ihrem Fahrrad ab, nicht nur den Weg zum Arbeitsplatz, zur Uni oder zur Schule. Auch sperrige Gegenstände werden gerne mit dem Fahrrad transportiert. Dafür gibt es Anhänger, Lastenfahrräder, Fahrradtaschen oder einfach nur waghalsige Radler, die mit einer Hand irgendetwas Schweres und Monströses festhalten und mit der anderen lenken, klingeln und bremsen.

In Bremen gibt es viele Fahrradstraßen. In denen haben Radfahrer Vorrang. Das funktioniert erstaunlich gut. Nur manchmal passiert es, dass Pedalritter im Schneckentempo mitten auf der Straße fahren und die hinter ihnen her kriechenden Autofahrer damit zur Weißglut bringen. »Das scheint vorzugsweise ein Spaß dreister und rechthaberischer Rentner zu sein«, ärgert sich Hilfssheriff, die ja selbst bereits im Rentenalter ist.

Was Hilfssheriff allerdings kaum jemand glaubt, zumindest nicht Leute aus der jüngeren Generation, ist die Tatsache, dass Fahrräder in ihrer Jugend in den sechziger und siebziger Jahren in Bremen nur eine kleine Rolle gespielt haben. Sie wäre damals nie auf die Idee gekommen, mit dem Rad ins Viertel zu fahren, wo sie vorzugsweise im Römer, Pauls Kloster und Litfasz abhing. »Man fuhr dort mit irgendjemand mit dem Auto hin und wartete teilweise stundenlang in einer dieser Lokalitäten bis einen irgendjemand wieder mit nach Hause nahm«, erzählt sie.

Mit dem Fahrrad dauerte der Weg nachhause eine Viertelstunde, höchstens. Aber Fahrradfahren war damals einfach nicht in, obwohl Bremen genauso flach und fahrradfreundlich war wie heute.

Mir gefällt es, dass sich das Fahrrad als eines der Hauptverkehrsmittel der Bremer durchgesetzt hat. Ich laufe gern neben dem Rad her. Nach solchen Touren schlafe ich wie ein Stein.

Nee, das stimmt nicht ganz. Ich stelle meine Ohren ausschließlich auf das Thema »Fremdeinwirkung rund ums Haus« ein. Alles andere klammere ich aus. Dann kann ich von wunderbaren Maulwurfshügeln und Gebuddel im Sand träumen, vom Platschen des B A L Ls im flachen Wasser und vom Wind, der mir beim Laufen um die Ohren weht, und habe trotzdem noch jeden potenziellen Einbrecher im Fokus.

Steiht sie oder geiht sie?

Echter Winter in Bremen, das hat Seltenheitswert. Ich stecke meine Schnauze tief in den Schnee und pflüge über die weißen Weserwiesen. Hilfssheriff und Britta faseln verzückt irgendwas von Puderzucker auf den Bäumen. Allerdings fährt die Fähre nicht. Und das ist sehr schade. Wir können nicht mal eben rüber fahren ins Hundeparadies. Wenn die Weser zugefroren wäre, dann wären wir ruckzuck auf der anderen Seite. Aber die Weser friert nie zu, auch wenn die Bremer jedes Jahr am 6. Januar, dem Dreikönigstag, ein Riesengewese darum machen, ob sie geiht oder steiht. Das ist Plattdeutsch und heißt geht oder steht.

Das alljährliche Ritual findet am Fähranleger unterhalb des Sielwalls an der Weser statt. Die Hauptperson ist ein Schneider, der nicht mehr als 99 Pfund wiegen darf, also ein Schneiderlein. Gibt es sowas überhaupt, einen Schneider der noch nicht mal 50 Kilo wiegt? Wenn die da man nicht schummeln.

Weitere Mitwirkende der Zeremonie sind die Heiligen drei Könige sowie der Notarius publicus, der Medicus publicus, der Präsident der Eiswette, das Eiswettpräsidium und die Novizen. Die Darsteller treten in historischen Kostümen auf und der Schneider spöttelt über gesellschaftliche und politische Ereignisse des vergangenen Jahres.

Das Wichtigste: Er muss mit einem heißen Bügeleisen über die Weser und testen, ob sie zugefroren ist oder nicht. Heute geht das nur noch mit dem Boot. Das Boot gehört der DGzRS, der Deutschen Gesellschaft zur Rettung Schiffbrüchiger.

Seit 1883, dem Beginn der Weserkorrektion, wird der Wettausgang durch das Los herbeigeführt. Bei einem Tidenhub von durchschnittlich vier Metern friert nichts mehr zu.

»Aber früher«, sagt Hilfssheriff, »vor der Weserkorrektion, als die Weser viel flacher war und es diesen Höhenunterschied des Wasserstands noch nicht gab, da war die Weser oft zugefroren.«

Eisschollentische

Eiswette, so heißt das alljährlich stattfindende Spektakel, der Test, ob die Weser zugefroren ist, oder nicht. Es soll aus den regelmäßigen Treffen eines Kaufmannszirkels im Jahr 1829 entstanden sein. Junge Kaufleute kamen zum Tafeln und Kegeln zusammen, dabei haben sie Wetten abgeschlossen. 1829 zum ersten Mal die Eiswette, und dann immer am 1. Januar. Damals standen die Chancen eins zu eins. In den zwanzig Jahren davor war die Weser elfmal zugefroren und neunmal nicht von einer festen Eisdecke bedeckt.

Später ist die Eiswette auf den 6. Januar gelegt worden, so konnten auch noch die Heiligen drei Könige in das Schauspiel einbezogen werden.

Wer das Los für Zufrieren gezogen hat, muss ein Festessen für 800 geladene männliche Gäste aus Wirtschaft, Politik und Gesellschaft ausrichten. Bei dem Festessen, das immer am dritten Samstag im Januar stattfindet, werden Spenden gesammelt für die DGzRS, die Deutsche Gesellschaft zur Rettung Schiffbrüchiger. Da kommt jedes Mal ein schöner Haufen Geld zusammen, was Hilfssheriff aus sehr persönlichen Gründen erfreut. Aber das ist schon wieder eine andere Geschichte.

Der Ausschluss von Frauen führt immer wieder zu großen Diskussionen in der Stadt. Auch Hilfssheriff regt sich darüber auf. 2013 hat die Bremische Bürgerschaft mehrheitlich eine Forderung verabschiedet, auch Frauen zuzulassen.

Aber bis sich das durchsetzt, das dauert. An der Essenszeremonie selbst wird sich vermutlich nicht viel ändern. Die Teilnehmer sitzen im Bremer Congress Centrum zu je 15 Personen um 50 riesige kreisrunde Tische herum, die sogenannten Eisschollen.

Der Ablauf des Eiswettessens ist vom Eiswettverein haargenau festgelegt. Reden, kabarettistische Einlagen, Essen. Gegessen wird Kohl und Pinkel, die Leibspeise der Bremer, der sie sogar eine ganze Saison gewidmet haben, vom Buß- und Bettag im November bis zum Ende des Winters.

Die Seenotretter

Hilfssheriff ist ein großer Fan der DGzRS. Ohne die DGzRS wären ihre Söhne im Alter von fünf und drei Jahren Halbwaisen geworden. Wenn die Seenotretter nicht dafür gesorgt hätten, dass ihr Vater Herbert in letzter Minute aus der Nordsee geborgen wurde, dann wäre er schon lange tot.

»Das war eine dramatische Situation, Anfang September 1985, im Wattenmeer«, erzählt Hilfssheriff. Herbert war mit einem weiteren Mitsegler und dem Bootseigner auf dem zum Segelboot umgebauten Kutter ›Gerrit‹ unterwegs. Sie wollten das Boot von Dänemark ins Bremer Winterlager holen.

Dann gab es einen heftigen Sturm mit Böen in Stärken zwischen 9 und 10. Das Schiff lief mit Motorschaden im Wattenmeer auf Grund. Der Funk fiel aus. Die abgeschossenen Leuchtraketen brachten bei der Wetterlage gar nichts. Ein letzter verzweifelter Versuch glückte, den Funk im Bauch des schräg liegenden Schiffes wieder in Gang zu kriegen.

Die DGzRS schickte einen Rettungshubschrauber der Bundeswehr, der die drei Segler einen nach dem anderen vom Boot barg. Herbert wurde als erster hochgezogen. In der Aufregung hatten die drei seinen Gurt nicht richtig verschlossen. Er musste sich mit ganzer Kraft im Sturm am Seil festhalten, um nicht abzustürzen. Alle drei Männer wurden gerettet. Das Boot, die schöne 13 Meter lange Gerrit, haben die starken Wellen komplett zertrümmert.

»Ich habe die Meldung von dem Schiffbruch zunächst für einen Scherz gehalten«, erzählt Hilfssheriff. »Abends rief der Schiffseigner, ein guter Freund, von Bremerhaven aus an: ›Wir sind in Seenot geraten, kommt uns abholen.‹ Er macht gerne Witze und ich hab' tatsächlich geantwortet: ›Hör mal, wenn du mich veräppeln willst, dann musst du früher aufstehen.‹ Es dauerte eine Weile, bis ich begriff, dass das ernst war. Es dauerte noch viel länger, bis mir klar wurde, dass die drei beinahe draufgegangen wären. Ein holländisches Segelboot ist in dieser Nacht unbemannt vor Langeoog gestrandet. Die Leichen von zwei Crewmitgliedern sind kurz danach am Badestrand von Neuharlingersiel angeschwemmt worden. Ob der dritte Segler jemals gefunden wurde, weiß ich nicht. Laut Weser-Kurier wurde die Suche damals eingestellt, weil man keine Lebenschance mehr sah.«

Hilfssheriff steckt immer eine große Münze und auch schon mal einen Schein ins DGzRS-Schiffchen, wenn ihr eins über den Weg läuft. Die DGzRS macht ihre Arbeit ausschließlich mit Spendengeldern und freiwilligen Zuwendungen.

Die Seenotleitung der DGzRS sitzt in Bremen, drüben nahe der Wilhelm-Kaisen-Brücke auf der Neustädter Weserseite. Nachts wird ein ausgemusterter Seenotrettungskreuzer vor dem Gebäude angestrahlt und die Neonschrift »Die Seenotretter« am Gebäude der DGzRS leuchtet über die Weser.

»Wenn ich das lese, muss ich immer an dieses schreckliche Ereignis und seinen glücklichen Ausgang denken und empfinde eine tiefe Dankbarkeit«, sagt Hilfssheriff.

Kohl und Pinkel

Februar ist Kohl- und Pinkel-Hochsaison. Egal, wo wir am Wochenende rumrennen, es wimmelt von Menschengruppen, die einen Bollerwagen hinter sich herziehen. Auch mit der Sielwallfähre pendeln sie vom Viertel zum Stadtwerder und zurück.

Manchmal tragen zwei von ihnen eine Pappkrone, Frauen eine rosa Krone und Männer ein blaue. Das ist das Kohlkönigspaar des letzten Jahres. Die beiden haben die diesjährige als Kohlfahrt bezeichnete Unternehmung organisiert.

Allen Teilnehmern baumelt ein Eierbecher oder ein Schnapsglas vor der Brust. Manche schmücken sich auch noch mit einem Kohlstrunk oder hängen eine Laugenbrezel neben das Schnapsglas.

Die Gruppen sind jeweils unterwegs zu einem Lokal, wo sie das Kohl- und Pinkelessen zu sich nehmen und vermutlich danach auch noch das Tanzbein schwingen. Das ist nach dem fetten schweren Essen jedenfalls dringend angeraten.

Die Wanderroute und das Lokal haben die letztjährigen Kohlkönige ausbaldowert. Sie sind die einzigen in der Gruppe, die wissen, wo es hingeht und vor allem, auf welchem Weg die Gruppe ihr Ziel erreichen wird.

In dem Bollerwagen haben die Teilnehmer allerhand zu essen und zu trinken deponiert, Süßigkeiten und Salzgebäck, Wasser, Saft und Bier, aber vor allem Schnaps.

Das alles wird auf dem Weg zum Lokal unter Zuhilfenahme diverser neckischer Spiele langsam vernichtet. Teebeutelweitwurf oder das Werfen eines Schaumgummiwürfels sind sehr beliebt. Der Ausgang jedes Spiels ist ein Anlass, die Eierbecher oder Schnapsgläser zu füllen und zu leeren. Wie das Spiel ausgeht, ist dabei im Großen und Ganzen wurscht.

Heißhunger

Nach einem solchen ausführlichen Gang durch die freie, in den Kohl- und Pinkel-Monaten in der Regel kalte Natur, ist die Stimmung in der Kohlfahrergruppe ziemlich ausgelassen und der Hunger auf den Kohl sehr groß.

Das Kohlessen selbst besteht aus der Aufnahme großer Mengen Braunkohl. Dazu gibt es Pinkel. Das ist eine graubraune runde dicke Wurst, die aufgeschnitten wird. Sie besteht aus Speck, Grütze von Hafer oder Gerste, Rindertalg, Schweineschmalz, Zwiebeln, Salz, Pfeffer und anderen Gewürzen und wird zum Braunkohl verzehrt, manchmal aber auch schon im Braunkohl mit gekocht.

Das ist aber noch nicht alles. An Fleisch wird zu Kohl und Pinkel noch Kochwurst, gestreifter Speck und Kasseler gereicht, als Beigabe gibt es Brat- oder Salzkartoffeln. Senf ist in kleinen Schüsselchen auch immer dabei.

Oft gibt es vorweg noch eine Hochzeitssuppe. Der Nachtisch besteht aus Roter Grütze mit Vanillesoße.

Kohlfahrten erfreuen sich bei den Bremern aller Altersgruppen äußerst großer Beliebtheit. Von einer überaus eigentümlichen Modernisierung der Kohlfahrten hat Hilfssheriff erst jetzt Kenntnis bekommen.

Eine junge Bremerin erzählte, sie habe noch nie Grün- oder Braunkohl gegessen. Verwundert befragt, ob sie denn noch nie an einer Kohl und Pinkel-

Tour teilgenommen habe, antwortete die junge Dame: »Doch, klar, mit allem Drum und Dran, mit Wanderung, Spielen, Getränken und einem Essen hinterher, nur war das kein Kohl.«

Wilde Verkehrsberuhigung

Gerade waren wir so schön in Schwung Richtung Weser. Jetzt stoppen wir schon wieder. Hilfssheriff gibt zum ich weiß nicht wievielten Mal die Geschichte von der wilden Verkehrsberuhigung in der Köpkenstraße zum Besten. Heute muss Marianne sich das anhören. Es scheint sie sogar zu interessieren. Im Gegensatz zu mir hört sie das zum ersten Mal.

»Einen Teil der Köpkenstraße haben die Anwohner 1972 selbst zur Fußgängerzone gemacht, alles eingeebnet und Bäume in die Straßenmitte gepflanzt. Der damalige Bausenator Seyfritz soll von dem Ergebnis begeistert gewesen sein. Er soll sogar ein Fass Bier spendiert haben.« Hilfssheriff stellt die Aktion gern als anarchistischen Akt dar.

So wild war das Ganze aber gar nicht. Die Anwohner hatten eine offizielle Genehmigung dafür. Diese Tatsache lässt Hilfssheriff gerne weg. Vielleicht hat Seyfritz sich damals gedacht, dass es sowieso egal ist, was die mit ihrer Straße machen. Der wollte schließlich partout die Mozarttrasse bauen, dann wäre das Quartier hier nahezu komplett futsch gewesen. Dass eineinhalb Jahre später die ganze Trassenplanung kippte, das hat der schließlich nicht mal ansatzweise geahnt.

»Die Bäume sind ziemlich hoch für die enge Straße«, findet Marianne. »Für meinen Geschmack ist das hier auch etwas zu schattig jetzt«, sagt Hilfssheriff.

Also, ich finde die Bäume super. Ich finde alle Bäume super, die reinsten Wandzeitungen. Ich kann an Bäumen sogar die Größe von Rüden ablesen. Rüden heben das Bein und große Rüden können ihr Bein viel höher heben als kleine. Manche Rüden versuchen sogar, sich durch irgendwelche Verrenkungen beim Pinkeln größer zu machen.

Der Zwergpudel Willi von Oma Gertrud, mit dem Hilfssheriff früher immer durch die Gegend geturnt ist, der hat jede Pinkelei mit einem Handstand abgeschlossen. Hilfssheriff fand das sehr putzig. Die hat überhaupt nicht gecheckt, warum der das gemacht hat.

Allerdings ist die Pi-Mail-Ausbeute heute an den Schnüffelbäumen in der Köpkenstraße unbefriedigend. Einige meiner besten Kumpels waren zwar kürzlich hier, sind aber ohne längeren Aufenthalt weitergezogen. Sie treiben sich vermutlich gerade auf den Weserwiesen herum. Da wäre ich jetzt auch gern.

Wenn wir in diesem Tempo weitermachen, kommen wir da heute gar nicht mehr an. In der Mitte der Köpkenstraße am Schild mit dem Hinweis auf das Tischlereimuseum stoppt Hilfssheriff erneut. »Da war ich neulich endlich mal drin«, sagt sie, »am Tag des offenen Denkmals. Ich hätte nie vermutet, dass da unten eine große Halle mit alten Werkzeugen und Maschinen versteckt ist, das reinste Paradies für Handwerker und Hobby-Handwerker.«

Okay, okay, schön für die. Und schön für mich, dass es jetzt endlich weiter geht.

Das Schubkarrenmonster

Das Parzellengebiet auf dem Stadtwerder verursacht mir im Moment mittelschwere Panik. Wenn wir zwischen Amalienweg und Olgaweg unterwegs sind, gucke ich mich ständig um.

Hilfssheriff ist hellauf begeistert von der Blumenpracht in den Gärten jetzt im Spätsommer. Außerdem hat sie einen Lieblingsgarten, zu dem es sie immer hinzieht. »In dem Garten sieht es aus wie bei Pippi Langstrumpf«, sagt sie. Ein Holzhaus mit Terrasse, ein Geräteschuppen und ein weiterer Schuppen sind in hellem Türkis- und Weiß angemalt. »Sehr freundlich und einladend«, findet sie. Das erinnert sie an Urlaube in Dänemark und Schweden.

Mich erinnern die Wege im Parzellengebiet auf dem Stadtwerder an etwas ganz anderes. Ich vermute nämlich, dass das Schubkarrenmonster mit den Riesenhörnern und den räderförmigen Klauen hier noch irgendwo sein Unwesen treibt.

Begegnet sind wir diesem unheimlichen Monster vor vielen Wochen. Es stand auf einem Weg und lauerte uns auf und versetzte mich damit in große Aufregung.

Hilfssheriff versuchte mich zu beruhigen. »Das ist nur eine Schubkarre«, erklärte sie mir. Aber stimmt das auch? Den Beweis hat sie nämlich nicht angetreten.

Normalerweise beweist sie mir, dass Dinge, die mir sehr gefährlich erscheinen, völlig harmlos sind. Meine Augen funktionieren nicht so gut wie meine Nase. Ein großer Bremer Müllsack mit seinem Grinsegesicht kann mir schon mal wie ein Untier erscheinen. Wenn Hilfssheriff das merkt, geht sie mit mir zu dem Objekt meiner Angst hin, fasst es an und erklärt: »Guck mal Carlo, nur ein Müllsack, völlig ungefährlich.« Wenn sie mich wirklich überzeugt hat, dann schnuppere ich sogar daran.

Um das Schubkarrenmonster aus der Nähe in Augenschein zu nehmen, hätten wir in einen Weg einbiegen müssen, der nicht auf unserer Route lag. Dazu hatte Hilfssheriff keine Lust.

Das Ergebnis? Wenn wir jetzt im Parzellengebiet auf dem Stadtwerder unterwegs sind, halten wir beide Ausschau nach dem Monster.

Ich, weil ich es für brandgefährlich halte, und Hilfssheriff, damit sie mich endlich vom Gegenteil überzeugen kann.

Ausspann

Ausspann, ein Witz. Wenn Hilfssheriff mich zum Ausspann schleift, beginne ich, mich anzuspannen.

Das Ausspann ist ein Künstlerhaus im Schnoor mit Gastronomie. Hilfssheriff geht da gerne rein, wegen der Kunst, wegen dem uralten Gebäude, wegen der Atmosphäre, weil da Künstler und Geflüchtete zusammenarbeiten, und, und, und.

Mein Pech ist, dass ich mit reindarf, in diesen alten Schuppen von 1562. Es ist eines der drei ältesten Speichergebäude Deutschlands, völlig verwinkelt mit steilen Treppen.

Natürlich isst sie da nicht einfach nur einen Mittagssnack. Natürlich zerrt sie mich auch durch die Ausstellungsräume in den unterschiedlichsten Ecken des Hauses. Treppe rauf, in einen Ausstellungsraum rein, wieder raus, durch den Flur, andere Treppe wieder runter. Wenn hier ein zweiter Hund wäre, mit dem ich leinenlos durch das Gebäude jagen könnte, dann würde die Sache sogar Spaß machen. Aber so nicht.

Das ganze Schnoor-Viertel turnt mich ab, Pi-Mail-Verbot, an der kurzen Leine gehen, von Touristen fast platt getreten werden, nichts für mich.

Die Touristen finden das toll hier, all die historischen Häuser. Sie stellen sich gern vor, wie hier früher Flussfischer und Schiffer gelebt haben und Seile und Ankerketten hergestellt wurden.

Ganz früher, im 10. Jahrhundert, war das Schnoor-Viertel die Keimzelle Bremens auf einer Insel zwischen der Weser und ihrem Nebenarm, der Balge. Die wurde später zugeschüttet.

Das Schnoor-Viertel hat wie durch ein Wunder den Zweiten Weltkrieg überlebt, war aber ein heruntergekommenes Arme-Leute-Viertel. Nach dem Krieg drohte der Abriss. Künstler und Denkmalschützer setzten sich für den Erhalt ein. Schließlich hat die Stadt das Quartier aufwendig saniert. Läden, Gastronomie Kunsthandwerker und Künstler zogen ein. Das Schnoor-Viertel wurde so beliebt, dass Läden und Gaststätten sogar die Kunst zurück drängten.

Das Ausspann ist das zweite Künstlerhaus, das in den letzten Jahren entstanden ist. Es war vorher ein rein gastronomischer Betrieb. »Schön, dass die Kunst hier wieder mehr Raum einnimmt«, freut sich Hilfssheriff.

Ja, und schön, dass wir beide jetzt auch wieder mehr Raum einnehmen, indem wir das enge Ausspann mit seinen niedrigen Decken verlassen. Wir klettern die Treppe zum Altenwall hoch und Hilfssheriff pfeffert gegenüber in den Wallanlagen raumgreifend den B A L L durch die Gegend.

Kranichzug

Trompetenklänge am Osterdeich. Alle Leute recken ihre Hälse und starren in den Himmel. Ich nicht. Ich bin Bodenarbeiter. Trompetenklänge am Himmel interessieren mich nur am Rande. Die Trompeten erweisen sich als Kraniche. Kraniche ziehen von Nord nach Süd über die Weser, in kleinen und großen V-förmigen Formationen. Das nimmt gar kein Ende. Immer wieder kommt eine neue Formation herangeflogen. Die Menschen sind völlig aus dem Häuschen.

»In den siebziger Jahren waren die Kraniche fast ausgestorben«, sagt Hilfssheriff. »Der Vogelschutz hat eine Menge gebracht.«

Schon auf dem Weg zum Osterdeich hat Hilfssheriff ihren Hals verdreht und auf die trompetenartigen Geräusche gelauscht. Sie hat versucht herauszufinden, wo die Kraniche fliegen. Aber in den Straßen des Ostertorviertels sieht man immer nur einen kleinen Ausschnitt des Himmels. Am Osterdeich ist das anders, da kann man weit ins Land gucken, bis weit über die Weser hinweg.

Eine große Formation Kraniche organisiert sich jetzt neu, genau über unseren Köpfen. Unter lautem Rufen veranstalten die Riesenvögel ein großes Chaos, so sieht das zumindest aus, um dann in V-Form sortiert weiterzufliegen. Scheint heute bei Sonnenschein und milden Temperaturen der ideale Tag für die Flieger zu sein. Im Herbst sind die hier in Norddeutschland, aber jeden Tag sehen wir die auch nicht.

Vor lauter euphorischem In-die-Luft-gucken vergisst Hilfssheriff fast, den B A L L durch die Gegend zu kicken. Nicht, dass ich mich nicht allein mit meinem Spielgerät beschäftigen kann. Aber wenn sie schon mit mir zusammen unterwegs ist, dann kann sie auch mal den B A L L hin und her bewegen, finde ich.

Natürlich, das war ja nicht anders zu erwarten, hat Hilfssheriff zuhause gleich im Internet über Kraniche geforscht. Und das hat sie beim nächsten Spaziergang dann alles brühwarm ihrer Nachbarin Britta erzählt. Und deshalb bin auch ich jetzt darüber informiert, dass die vielen Kraniche sich auf dem westeuropäischen Zugweg befinden. Sie kommen aus ihren Sommerquartieren in Skandinavien und dem Baltikum, überqueren Norddeutschland immer im Frühjahr und im Herbst und machen hier Zwischenstation. Beim Fliegen strecken sie ihren Hals nach vorn. Durch diesen langen Hals mit einer 100 bis 130 Zentimeter langen Luftröhre haben sie einen Resonanzraum, mit dem sie ihre lauten Trompetenrufe erzeugen können.

Kraniche können bis zu 2000 Kilometer nonstop zurücklegen. Meistens fliegen sie aber in Tagesetappen von 10 bis 100 Kilometern. Auf Langstrecke segeln sie. Ihre Durchschnittsfluggeschwindigkeit beträgt 45 bis 65 Kilometer pro Stunde.

Sehr bemerkenswert. So schnell und ausdauernd bin ich nicht. Aber alles ist relativ. Gemessen an meiner Ausdauer und Schnelligkeit ist Hilfssheriff eine lahme Ente.

Stadtpark Ostertor

Wo will die Frau hin? Wir biegen in der Mitte der Weberstraße in den kleinen Fußweg durch den Stadtpark Ostertor. Hilfssheriff steuert das Steintorviertel an, über den Körnerwall zum Sielwall und von dort rüber in die Straße Im Krummen Arm.

»Wir müssen zur Post«, lässt sie mich wissen. »Die Weserwiesen müssen warten.« Mir ist ehrlich gesagt neu, dass ich zur Post muss. Da musste ich noch nie hin. Postbesuche finden grundsätzlich ohne mein Einverständnis statt.

Der Weg durch den kleinen Ostertorpark ist allerdings schnüffeltechnisch hochinteressant. Ich bin nicht der einzige Hund, der hier durch marschiert. Pi-Mails, wohin die Nase sich auch richtet. Außerdem riecht es nach Erde und Laub, es ist halt ein Park.

In den Park selbst geht Hilfssheriff nie mit mir. Hundeverbot. Da spielen Kinder auf dem kleinen Spielplatz. Im Sommer liegen auch Leute mit Decken auf der Wiese. Andere Anwohner machen hier Qi-Gong oder Gymnastik.

Einmal waren wir aber doch drin, zusammen mit Marianne. Ich musste bei Fuß gehen und hatte absolutes Pinkelverbot. Eine hochgradig frustrierende Erfahrung!

Hilfssheriff wollte Marianne die »kleine grüne Oase zwischen den vielen eng stehenden Häusern« vorführen, auch das große Beet mit Blumen und Büschen aus dem Garten der verstorbenen Mutter einer Anwohnerin. »In dem Beet blüht fast das ganze Jahr irgendwas«, hat sie erzählt. »Ich geh' da immer mal gucken, was gerade dran ist.« Interessant, was Hilfssheriff während meiner Abwesenheit für eigenartige Dinge treibt.

Auf dem Parkgelände wollte die Stadt in den achtziger Jahren bauen. Damals war das eine brachliegende Fläche, 2.000 Quadratmeter mit ein paar verfallenen Garagen und einem abbruchreifen Haus. Im Krieg soll hier eine

Propellerfabrik gestanden haben, die schließlich zerbombt wurde. Danach passierte wegen der Planung der Mozarttrasse lange Jahre nichts.

Eine Initiative von Anwohnern und dem Kulturzentrum Lagerhaus Schildstraße setzte sich gegen die Bebauung und für eine Grünfläche ein. Immer wieder traf sie sich mit Vertretern der Stadt deswegen, solange bis die Bebauungspläne vom Tisch waren. Hilfssheriff war damals dabei. Sie ist mächtig stolz auf den kleinen Park.

»Der Verein ›Stadtpark Ostertor‹, der damals gegründet wurde, pflegt die Grünfläche«, sagt Hilfssheriff. »Aus den Aktionen gegen die Bebauung ist eine über 30 Jahre alte funktionierende Bürgerinitiative entstanden.«

Junkie-Unterkunft

Der kleine Ostertorpark hat auch schlimme Zeiten erlebt. In den späten achtziger Jahren, als das ganze Viertel eine Junkie-Hochburg war, nutzten Hunderte Fixer aus der ganzen Bundesrepublik den Park als Wohn-, Schlaf- und Fixraum und öffentliches Klo. Gegenüber vom Park residierte damals eine Drogenberatungsstelle mit Spritzenausgabe. »Aus irgendwelchen Gründen soll Heroin zu der Zeit in Bremen besonders billig gewesen sein. Das lockte Junkies von überall hierher«, sagt Hilfssheriff.

Die Junkies lieferten sich sogar Messerstechereien in den umliegenden Straßen. Hilfssheriff hat so eine Szene direkt vor ihrer Haustür erlebt. »Meine Kinder wollten gerade aus dem Haus gehen, da stehen da zwei Junkies mit Messern in der Hand und gehen aufeinander los«, erzählt sie. »Ich hab' die beiden wieder zurück ins Haus gezerrt. Es war ein Albtraum, was sich hier abspielte.«

Wieder folgte eine Anwohnerversammlung der nächsten. Aber es änderte sich nichts. »Ein holländischer Experte, der viel mit Drogenabhängigen in Amsterdam zu tun hatte, sagte damals zu uns, dass wir einfach zu viel Verständnis für diese Suchtkranken hätten. Wir seien nicht konsequent genug.«

Das änderte sich dann. Der Verein Stadtpark Ostertor mietete einen Bauzaun und riegelte den gesamten Park ab. Die Anwohner bekamen Schlüssel, mit denen sie den Park aufschließen konnten. »Als ich von der Arbeit kam, war die Baufirma dabei, den Zaun zu errichten. Fernseh- und Presseleute waren vor Ort«, erzählt Hilfssheriff. »Es kamen auch Leute, die die Vereinsmitglieder als Nazis beschimpften.« Hilfssheriff selbst war damals zwiegespalten. »Auf der einen Seite war ich froh, dass endlich etwas passierte«, sagt sie. »Auf der anderen Seite sah ich die Junkies als Drogenkranke.«

Inzwischen findet Hilfssheriff die Aktion super. Das Ortsamt hat den Bauzaun später durch einen richtigen Zaun ersetzt. Heute ist der Park nur noch sehr selten nachts verschlossen. Die Spritzenausgabestelle in der Weberstraße gibt es nicht mehr.

Im Park finden im Sommer unter den hohen Bäumen ab und zu kleine Konzerte oder Kinoabende statt. Kindergartengruppen nutzen ihn und manchmal stellen Anwohner Tische und Bänke auf, um im größeren Kreis draußen zu essen. Auch Public Viewing bei großen Fußballturnieren hat die Nachbarschaft im Park schon organisiert.

Runkeneck

Wenn wir am Runkeneck in der Weberstraße vorbeigehen, und die Wirtin Eike turnt da gerade herum, dann fragt sie Hilfssheriff jedes Mal das Gleiche: »Na, hast du den selbst gestrickt?« Damit meint sie mich, einen Hund, das muss man sich mal auf der Zunge zergehen lassen. Und Hilfssheriff antwortet immer bierernst: »Klar, und der ist doch richtig gut gelungen, oder?«

Das Runkeneck ist ein kultiges Lokal mit Schwerpunkt auf deutscher Küche. Hilfssheriff geht da gerne hin. Im Runkeneck essen die Leute Gulasch, Braunkohl, Knödel, Rotkohl, Rosenkohl und Wild- und Fischgerichte, richtige deutsche Hausmannskost. Wirtin Eike ist das Original, das den Laden leitet.

Das Runkeneck war lange Zeit eine bürgerliche Kneipe. Eike hat die Einrichtung im Großen und Ganzen so gelassen. Es sieht bei ihr aus wie in einer Wirtsstube, nicht wie in einem Restaurant. Auf Speisekarten verzichtet sie. Die täglich wechselnden Gerichte stehen auf Wandtafeln. Das Essen wird frisch zubereitet. »Das kann schon mal dauern, wenn der Laden voll ist«, sagt Hilfssheriff, »macht aber nichts, weil es im Runkeneck so gemütlich ist.«

Das Bodenständige, Einfache, Eikes raue Herzlichkeit und die preiswerte, gute Küche machen den Charme des Ladens aus.

Ab dem Runkeneck ist die Weberstraße abgepfählt. Hier kommen nur Leute mit Zufahrtsberechtigung mit dem Auto rein. Deshalb können die Gäste vom Runkeneck bei schönem Wetter auch draußen essen.

Das Lokal heißt Runkeneck, weil es an der Ecke Weberstraße und der Straße In der Runken liegt. In der Runken, das ist ein sehr eigentümlicher Name. Hilfssheriff hat mal rumgeforscht deswegen. Sie will ja immer alles wissen.

»Der Runken ist laut Duden die Bezeichnung für ein unförmiges Stück Brot«, sagt sie. »Er bedeutet aber auch Radkranz. Wahrscheinlich ist die Straße so benannt, weil sie früher fast kreisförmig war. »Runke« ist aber auch ein altes Wort für Falte.« Gott ja, für was die Menschen sich alles interessieren. Ist doch egal, ob die Straße so heißt, weil sie aussieht wie ein Stück Brot oder rund oder faltig ist. Hauptsache sie riecht interessant.

Jan Reiners

Diese Wir-Form geht mir wirklich auf den Wecker. »Komm Carlo, heute gehen wir shoppen«, sagt Hilfssheriff freudig erregt zur Begrüßung. Also ich gehe nicht shoppen, ich werde grundsätzlich nur zum Shoppen mitgeschleift. Shoppen nervt total. Bevor ich mir das Innere irgendwelcher Einkaufstempel in dunklen Farben ausmale, fügt Hilfssheriff hinzu: »In Findorff, und wir fahren mit dem Rad hin und düsen danach zum Unisee.« Okay.

In Findorff grasen wir diverse Läden ab, auch einen Klamottenladen natürlich. Ich bin jedes Mal wieder überrascht, mit welcher Inbrunst sich Frauen dem Kauf von Kleidung hingeben können. Am Ende ist Hilfssheriff Besitzerin einer neuen Jacke. Wie schön, dann können wir ja jetzt zum Unisee düsen. Aber nein, sie muss noch in den Buchladen und da rumstöbern und natürlich ein Buch mitnehmen. Ich habe noch nie erlebt, dass Hilfssheriff einen Buchladen ohne ein neues Buch verlassen hat.

Jetzt haben wir es aber hinter uns. Jetzt können wir zum Unisee düsen. Nee, Hilfssheriff will sich noch mal eben die Jan-Reiners Lok an der Hemmstraße angucken. Sie steht als Denkmal auf einem Sockel und erinnert an die

Kleinbahn, die früher zwischen Bremen und Tarmstedt unterwegs war. Es ist die echte Lok 1. Hilfssheriff findet dieses in schwarzer, roter und grüner Farbe angestrichene Vehikel »total schön«. Wir schleichen um das Denkmal herum, weil sie sich diesen Blechhaufen von allen Seiten angucken will.

Aber danach schlagen wir endlich die richtige Richtung ein. Durch die Neukirchstraße am Findorffer Wochenmarkt entlang, Richtung Unisee. Weil Samstag ist, steht da auch wieder der Stand mit den Hundeleckerlis, und Hilfssheriff kauft eine Tüte Popcorn mit Leberwurst für mich. Wir sind schon fast unterwegs Richtung Torfkanal und Unisee, da taucht Helmut auf.

Das wäre ja auch ein Wunder, wenn Hilfssheriff hier niemanden treffen würde. Natürlich müssen die beiden jetzt »mal eben« an der Espresso-Station »Schöne Aussicht« in der Magdeburger Straße gleich neben dem Findorff-markt ein Kaffeegetränk zu sich nehmen.

»Kleinen Moment nur, Carlo«, beruhigt Hilfssheriff mich, »dauert nicht lange.« Sie schiebt mir drei Bestechungspopcorn ins Maul.

Cappuccino schlürfend erzählt Hilfssheriff Helmut, dass sie die Jan-Reiners-Lok so schön findet. Zu ihrer Verblüffung antwortet der, dass das doch eigentlich nur ein großes Stück Blech ist. Guck' an, der sieht das genauso wie ich. Aber der sieht das aus anderen Gründen so. Er ist der totale Eisenbahn-freak. Wenn so eine Lok nicht von hinten und vorn und oben und unten und von allen Seiten zu öffnen ist dann befriedigt ihn das nicht. Er will sich ihr Innenleben angucken. Das geht bei der Jan-Reiners-Lok nicht.

Helmut fängt jetzt an, die ungefähr 50-jährige Geschichte dieser Klein-bahn zu erzählen. Aber Hilfssheriff bremst ihn aus. Wir wollen ja noch zum Unisee düsen. Immerhin erfahren wir von ihm, dass das Lok-Denkmal da steht, wo früher der heimliche Hauptbahnhof der Kleinbahn an der Hemm-straße war. Und Helmut muss unbedingt noch eben erzählen, dass das Jan Reiners-Lokdenkmal an seinem Hochzeitstag aufgestellt worden ist, allerdings fünf Jahre vor seiner Heirat, am 6. Mai 1967.

Jetzt düsen wir aber endlich weiter Richtung Unisee. Auf dem Weg kommen wir am Hochbunker in der Neukirchstraße vorbei. Und was kommt uns auf einem Wandbild an diesem Bunker entgegengedampft? Die Jan-Reiners-Kleinbahn.

Trassenkampf-Denkmal

Auf dem kleinen Platz steht ein Metallquader auf zwei röhrenförmigen Stelzen. Also, schön finde ich den nicht.

Aber der Platz ist schön. Er liegt an der Straße Beim Paulskloster. Die kurze Friedrichstraße führt auf diesen Platz, die ist nur für Anwohner zugelassen. Ein Kopfsteinpflasterweg führt zum KUBO. 100 Meter weiter sieht man die Mozartstraße mit der »Pierwoß-Tonne«, dem wuchtigen Probebühnenbau des Theaters über den Häusern. Unter dem ehemaligen Intendanten Pierwoß ist sie errichtet worden. An einer Ecke des Platzes hat sich der Bauernladen eingerichtet, eine kleine Kooperative, die regionale Lebensmittel aus biologischem Anbau anbietet. In der Mitte des Platzes steht ein Baum mit einer Bank drum herum. Und daneben ist diese etwas eigenartige Skulptur errichtet worden, zur Erinnerung an den erfolgreichen Kampf gegen die Mozarttrasse.

Die Skulptur hat der Initiativkreis der Sanierungsbetroffenen Ostertor/Remberti 2007 aufgestellt, das kann man dort lesen. Die Inschriften und eine eingeritzte Zeichnung sind schon sehr verblichen.

»Die Skulptur haben die extra so eigenartig eckig gemacht. Dadurch soll deutlich werden, wie fremd die Trassenplanung für dieses gewachsene Viertel war«, erzählt Hilfssheriff.

Thea und Hilfssheriff schleichen mit zusammengekniffenen Augen um den Metallquader herum. »Die Schrift müsste mal nachgearbeitet werden«, sagt Hilfssheriff. »Ja, die ist ja kaum noch zu erkennen«, pflichtet Thea bei.

Und dann liest Hilfssheriff langsam vor, sie arbeitet sich von Wort zu Wort. »Hier verhinderten die Ostertorschen im Jahre 1973 gegen die Bremer Obrigkeit den Bau der Stadtautobahn Mozarttrasse samt Hochhausgebirge. So blieb dieses alte Stadtviertel erhalten, das sonst unwiederbringlich zerstört worden wäre.«

Danach guckt sie so komisch. Täusche ich mich oder hat sie tatsächlich vor Rührung feuchte Augen?

Stinte und Kormorane

An der Weser bricht gerade der Frühling aus. Auf den Weserwiesen liegen tonnenweise angeschwemmtes Gestrüpp und Gräser herum. Die Weser läuft jetzt bei der Flut zweimal am Tag sehr hoch auf, sogar ein Stück den Osterdeich hoch. »Sie ist voller Tauwasser und außerdem hat es sowieso viel geregnet und geschneit«, berichtet Hilfssheriff.

Mir egal. Ich liebe es, an den durchweichten angeschwemmten Gräsern auf der Wiese herumzuknabbern. Zusammen mit der Erde, die da dran hängt, sind die im Moment meine Spezialität. Hilfssheriff glaubt, dass da Mineralien drin sind, die ich brauche.

Hilfssheriff bleibt dauernd stehen, legt sich die Hand über die Augen und beobachtet die Kormorane. In und über der Weser wimmelt es jetzt von denen. Sie sind schwer damit beschäftigt, Stinte aus dem Wasser zu holen. Sie lassen sich rückwärts treiben und dann verschwinden sie blitzschnell unter Wasser. Die Stinte, kleine silbrige Fische, ziehen im Moment die Weser hoch, um zu laichen. Ein Festmahl für die Kormorane.

Aber auch viele Bremer stehen auf die Stinte. Hilfssheriff hat Stinte noch nie probiert, zu ihrer eigenen Verblüffung. Wo sie doch sonst immer so neugierig ist. Einige Lokale bieten sie zu dieser Jahreszeit an, in Roggenmehl gewendet und gebraten und mit gebratenem Speck, Bratkartoffeln und Apfelmus. Hundefutter ist das aber nicht. Früher ja, früher wurden Massen von Stinten gefangen. Die Bauern haben die Fische an Hühner und Schweine verfüttert. Da ist für die Hunde bestimmt auch was abgefallen.

»Super, dass es so viele Stinte und Kormorane gibt«, freut sich Hilfssheriff. In ihrer Kindheit hat sie nie Kormorane an der Weser gesehen, zumindest kann sich sie nicht daran erinnern. Damals war die Weser schmutziger als heute.

Die Weserwiesen betritt Hilfssheriff im Moment nicht so gern. Sie sind ihr zu feucht und zu matschig. Sie marschiert unten auf dem asphaltierten Weg lang. Aber ich soll auf der Wiese laufen. Wenn ich auch mal einen Abstecher auf den Weg mache, schreit sie: »Auf die Wiese!« oder »Sofort zurück auf die Wiese!« Dabei streckt sie demonstrativ den Arm aus. Ganz peinlich wird es, wenn sie einfach nur »Wiese!« schreit. Wiese, genauer gesagt Tim Wiese, das war mal ein Torhüter von Werder Bremen. Was sollen die Leute denken, wenn Hilfssheriff »Wiese!« brüllend an der Weser rumrennt? Dass sie ein durchgeknallter Werderfan ist, der den alten Torwart zurück will?

Austernfischer und Hufspuren

»Guck 'mal, Carlo«, jubelt Hilfssheriff heute am Osterdeich, »die Austernfischer sind wieder da!« Ob mir das wohl egal ist? Austernfischer interessieren mich nicht die Bohne, auch nicht, wenn sie im Stakkatoschritt oben auf den Osterdeich-Wiesen rumwetzen. Hilfssheriff findet die toll mit ihrem schwarzweißen Gefieder und rotem Schnabel, roten Beinen und roten Augen.

Wenn sie die sieht, muss sie immer an ihre Lieblingsinsel Amrum denken, da wimmelt es vor Austernfischern. In Bremen gibt es nicht so viele wie auf Amrum, genauer gesagt sehen wir am Osterdeich immer nur zwei Exemplare, wahrscheinlich ein Pärchen. Warum die hier sind? Keine Ahnung. Eigentlich sind das Küstenvögel.

Heute entdecken wir außerdem noch Pferdehufspuren auf den Osterdeichwiesen. »Wieso sind hier Hufabdrücke im Gras?«, fragen sich Hilfssheriff und eine andere Sheriff-Frau. Ich finde die Hufabdrücke interessant, weil da der Rasen aufgewühlt ist. Lecker, sehr lecker finde ich das, aufgewühlter Rasen mit Erde dran, das ist im Moment einer meiner Lieblingssnacks. Aber die beiden Damen haben dann sehr bald die Erklärung für die Pferdehufspuren im Gras.

Das war die Reiterstaffel aus Hannover. Am Wochenende hat Werder Bremen gegen Frankfurt gespielt. Da kann es mit den Fans schon mal Ärger geben. Dann muss hier immer die Reiterstaffel patrouillieren. Dafür müssen die Pferde, große Hannoveraner, und ihre Reiter mit dem Zug nach Bremen gebracht werden. Ein Heidenaufwand für so ein Fußballspiel, nur weil ein kleiner Teil der Fans sich untereinander Schlachten liefert.

Mir ist das wurscht, mir gefällt das Ergebnis hier auf den Osterdeichwiesen. Schönen Dank also an die Damen und Herren von der Reiterstaffel Hannover, dass sie mir meinen Mineral-und Vitaminimbiss so schön vorbereitet haben.

Letzter Fährtag

Nix los am Weserstrand. Keine Volleyballspieler, keine Kinder, keine Hunde. Das Café Sand ist dicht. Ein paar Handwerker sind mit Renovierungsarbeiten beschäftigt. Der Getränkekiosk ist aufgebockt, der Pommes- und Bratwurstkiosk schon nicht mehr da. Wir sind allein, und es ist herrlich. Ich kann nach Herzenslust dem B A L L über den Strand und die Wiese hinterherjagen. Hilfssheriff kann nach Herzenslust ihre Blicke schweifen lassen. Zum Beispiel rüber auf die andere Weserseite zu dem großen Haus am Osterdeich, auf dem immer die Werder-Fahne weht. Oder hoch zum Himmel, an dem eine wohlgeordnete 30-köpfige Kranichformation mucksmäuschenstill von Nordost nach Südwest zieht. Oder zum Binnenschiff Pankgraf, das auf der glatten Weser Richtung Schleuse unterwegs ist, beladen mit orangefarbenen Hapag-Lloyd-Containern.

Die »Ostertor« pendelt mit vereinzelten Fahrgästen und dreht sich mit ihrer blau-gelb-roten Bemalung wie ein bunter überdimensionierter Schuhkarton in der Mitte des Flusses. Die in grünen und gelben Streifen angemalte Punke liegt auf der anderen Weserseite, in Erwartung eines Ansturms von Fahrgästen, der ihren zusätzlichen Einsatz erforderlich macht. Das wird vermutlich erst beim nächsten Werder-Heimspiel der Fall sein. Sogar die Sonne ist noch mal rausgekommen und taucht den Stadtwerder mit seinen vielen bunten Herbstbäumen in ein sepiafarbenes Licht.

Still ist es hier aber nicht. Neben dem Tuckern der Fähre tönt das Motorengeräusch der vielen Autos auf dem Osterdeich herüber. Hier auf der grünen Seite der Weser, wo fast gar keine Autos unterwegs sind, ist es lauter als in den engen Seitenstraßen des Ostertors.

Ab morgen fährt die Fähre alltags nicht mehr, dann müssen wir mit dem Fahrrad außen rum über die große Weserbrücke oder die Erdbeerbrücke. Heute bleiben wir extra lange hier und verabschieden uns gebührlich von der Sommer-Fährsaison. Vielleicht setzen wir in den nächsten Monaten am Wochenende noch mal über. Im nächsten Jahr ab März sind Hilfssheriff und ich auf jeden Fall wieder häufig dabei, an Bord einer der beiden Fährschiffe auf kurzer Fahrt ins große grüne Paradies. Bis dahin werden wir sicher viele weitere gemeinsame Spaziergänge unternehmen, als gut eingespieltes Stadtschnüffel-Team, auf den Spuren der Bremer.

Inhalt

Jetzt neu:
Band 4 der spannenden
Krimi-Reihe zwischen
Bremen und Rotenburg

Katrin Steengrafe / Dieter Grohnfeldt
Wesergold
Ein Krimi in HB und ROW, Bd. 4
220 Seiten
Taschenbuch, Format 14 x 19 cm
9,90 Euro
ISBN 978-3-95494-177-3

Katrin Steengrafe
**Wenn du noch
eine Mutter hast**
Ein Krimi in HB und ROW
Taschenbuch, 9,90 Euro
ISBN 978-3-95494-054-7

Katrin Steengrafe
Mord an der Wümme
Ein Krimi in HB und ROW
244 Seiten
Taschenbuch, 9,90 Euro
ISBN 978-3-95494-126-1

Katrin Steengrafe
& Enno Neumann
Weserdonner
Ein Krimi in HB und ROW
232 Seiten
Taschenbuch, 9,90 Euro
ISBN 978-3-95494-127-8

. Spannender Regionalkrimi!

Christa Picard

Mord im Moorexpress

192 Seiten
Taschenbuch, Format 14 x 19 cm
9,90 Euro
3. Auflage 2018

ISBN 978-3-95494-139-1

Gerade hat der Moorexpress seine letzte Saisonfahrt von Stade nach Osterholz-Scharmbeck beendet, da entdecken die Eisenbahner in ihrem Zug einen Toten. Die Mordkommission steht vor einem Rätsel: Bei dem Opfer, einem älteren, gut gekleideten Herrn, finden sie keine Hinweise auf seine Identität. Niemand hat etwas von dem Mord mitbekommen. Die Ermittler machen sich auf die Suche nach den Mitreisenden. Einer von ihnen muss der Mörder sein …

Ein kniffliger Fall für Kommissar Peter Köster, Gisela Schmidt, Leiterin der Verdener Mordkommission, und ihr Team. Und dann ist da noch dieses Tagebuch einer jungen Frau aus dem Jahr 1943. Die Spuren führen ins Teufelsmoor …

Der Krimi handelt in nahezu allen Orten an der Moorexpress-Strecke:

Bremen – Osterholz-Scharmbeck – Gnarrenburg – Worpswede – Bremervörde – Stade.

Jetzt neu:
ein weiterer Fall für Kommissar
Köster und sein Team:

Christa Picard
Verschollen im Teufelsmoor
Krimi
184 Seiten, Taschenbuch, Format 14 x 19 cm
9,90 Euro
ISBN 978-3-95494-176-6